ARQUIVOS CRIMINAIS

DEMONSTRAÇÕES ASSUSTADORAS DA DEPRAVAÇÃO HUMANA

John Marlowe

ARQUIVOS CRIMINAIS

Demonstrações Assustadoras da Depravação Humana

Tradução:
João Barata

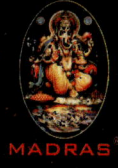

MADRAS

Publicado originalmente em inglês sob o título *Crime Files – Chilling Case Studies of Human Depravity*, por Arcturus Publishing Limited.
© 2011, Arcturus Publishing Limited.
Direitos de edição e tradução para o Brasil.
© 2013, Madras Editora Ltda.
Tradução autorizada do inglês.

Editor:
Wagner Veneziani Costa

Produção e Capa:
Equipe Técnica Madras

Tradução:
João Barata

Revisão da Tradução:
Bianca Rocha

Revisão:
Arlete Genari
Jerônimo Feitosa

Dados Internacionais de Catalogação na Publicação (CIP)
(Câmara Brasileira do Livro, SP, Brasil)

Marlowe, John
  Arquivos criminais: demonstrações assustadoras
da depravação humana/John Marlowe; tradução
João Barata. – São Paulo: Madras, 2013.
  Título original: The criminais files.

  ISBN 978-85-370-0837-9

  1. Assassinatos 2. Assassinos – Biografia 3. Assassinos em série – Psicologia
4. Crimes – História 5. Criminosos – História I. Título.

13-01647   CDD-364.15230922

  Índices para catálogo sistemático:
  1. Assassinos em série: Arquivos criminais: Criminologia   364.15230922

É proibida a reprodução total ou parcial desta obra, de qualquer forma ou por qualquer meio eletrônico, mecânico, inclusive por meio de processos xerográficos, incluindo ainda o uso da internet, sem a permissão expressa da Madras Editora, na pessoa de seu editor (Lei nº 9.610, de 19.2.98).

Todos os direitos desta edição, em língua portuguesa, reservados pela

MADRAS EDITORA LTDA.
Rua Paulo Gonçalves, 88 – Santana
CEP: 02403-020 – São Paulo/SP
Caixa Postal: 12183 – CEP: 02013-970
Tel.: (11) 2281-5555 – Fax: (11) 2959-3090
www.madras.com.br

Índice

Introdução 6
O Segredo Obscuro do Coronel – Russell Williams 10
O Canibal da Besta – Stephen Griffiths 20
A Fazenda da Morte – Robert Pickton 30
Um Obcecado por Controle – Phillip Garrido 40
O Maníaco de Pologovsky – Serhiy Tkach 48
O Estuprador do Lado Oeste – John Thomas Jr. 54
O Matador com Fetiche por Sapatos – Jerry Brudos 60
O Comunista à Espreita – Andrei Chikatilo 70
O Monstro do Bunker – Josef Fritzl 78
O Homem que Não Tinha Amigos – Thomas Hamilton 86
O "Bispo" Esquizofrênico – Gary Heidnik 94
A Toca do Demônio – David Parker Ray 106
As Lágrimas de um Torturador – Cameron Hooker 118
O Banquete da Assassina – Katherine Knight 126
Vingando-se da Mamãe – Ed Kemper 134
O Sedutor – Jack Unterweger 140
Nascido para a Forca – Carl Panzram 148
"Ações Atrozes, Porém Necessárias" – Anders Breivik 156
O Homem do Armagedom – Michael Ryan 162
O Caso dos *Milk-shakes* Tóxicos – Nancy Kissel 170
Créditos das Imagens 178
Índice Remissivo 179

Introdução

Milhares de pastas de arquivos podem ser encontradas até mesmo nas menores delegacias de polícia. Tipicamente elas são armazenadas em gavetas, arquivos e amplas salas, sob a vigilância de funcionários confiáveis e treinados para essa tarefa. A maioria desses arquivos que esses homens e mulheres recebem são relacionados ao que há de corriqueiro: relatórios de incidentes, relatórios suplementares, relatórios de acidentes, documentos de penhora, mandados, folhas de detenção, folhas de custódia, folhas de propriedade, e assim por diante. Entretanto, por vezes um funcionário pode manusear arquivos que contenham informações que produziram manchetes pelo mundo.

Os que estão do lado de fora dos órgãos de segurança pública possuem uma ideia, ainda que distorcida, do trabalho policial por meio dos programas televisivos que cobrem ações criminosas, mas permanecem ignorantes da vasta quantidade de papel consumido pelos atos criminosos e as investigações subsequentes.

Considere o caso – ou os casos – contra Carl Panzram, por exemplo. A sua história criminal registrada começa perto do final do século XIX, quando, aos 8 anos, fora preso pela polícia por embriaguez em local público. Nas três décadas seguintes, Panzram foi preso ao menos outras oito vezes. A grande quantidade de crimes cometidos por ele, de roubos e incêndios criminosos a estupros e múltiplos assassinatos, foi investigada por numerosos distritos policiais.

Arquivos de seus vários crimes podem ser encontrados em estados americanos como Minnesota, Oregon, Nova York, Massachusetts, Connecticut, Maryland, Pensilvânia e Kansas. O próprio Panzram adicionou uma considerável dose de material a seus arquivos ao escrever sua autobiografia enquanto estava preso. Esse documento notável de 20 mil palavras não é só mais extenso e detalhado do que suas confissões aos agentes de segurança pública como também contém informações de crimes que ainda não haviam sido completamente esclarecidos. A escrita dessas memórias foi, talvez, o ato mais honesto que esse criminoso cometeu.

Panzram foi, por fim, enforcado por seus inúmeros crimes. Suas últimas palavras foram endereçadas ao seu executor: "Vá logo, seu caipira de merda! Eu poderia matar dez homens enquanto você perde o nosso tempo!".

Esse encontro desagradável no cadafalso aconteceu em 1930. Apesar dos esforços de diversas pessoas – incluindo Henry Lesser, um guarda da prisão que se tornou amigo de Panzram –, só em 1976 as memórias desse assassino obtiveram permissão para ser publicadas. *Os papéis de Carl Panzram*, a coleção pessoal de Lesser dos escritos de e sobre Panzram, podem ser encontrados na Universidade Estadual de San Diego, Califórnia – mais um documento de seus crimes.

Panzram, cronologicamente o primeiro criminoso comentado nestas páginas, possui algo em comum com o mais recente deles, Anders Breivik, pelo fato de ambos terem contribuído de próprio punho para suas respectivas fichas criminais.

O documento de 1.513 páginas do último, *2083 – Uma declaração de independência europeia*, traz não só detalhes de seus motivos, mas também a preparação conduzida para cometer uma carnificina. Esse documento, parte manifesto, parte confissão, mostrou-se, em grande medida, um trabalho de plágio.

Breivik retirou partes de trabalhos atribuídos à Free Congress Foundation, dos Estados Unidos, ao blogueiro de extrema-direita Peder Jenson e a Ted Kaczynski, o Unabomber. Ainda assim, as acusações de plágio são pouco perto dos outros crimes de Breivik.

Ao contrário das décadas de espera pelo manuscrito de Panzram, *2083* não tardou a ser conhecido. Na verdade, Breivik postou o documento inteiro logo antes de seu massacre.

Na era digital, os distritos policiais produzem continuamente documentos em papel, ainda que encontrem cada vez mais provas no meio digital. Por exemplo, em novembro de 2009, o pouco honrado coronel das forças armadas canadenses Russell Williams deixou uma mensagem ameaçadora no computador de uma de suas vítimas. Três meses depois, a polícia local descobriu na casa do assassino em Ottawa diversos *pen drives* que continham provas de seus crimes.

Stephen Griffiths, o inglês autoproclamado "Canibal da Besta", teve uma presença *on-line* bastante intensa. Sentado em seu apartamento e autointitulando-se "Ven Pariah", ele visitou redes sociais nas quais se descrevia como um demônio. Griffiths também tinha um site macabro chamado "The Skeleton and the Jaguar", devotado principalmente a *serial killers*. Dois de seus ataques assassinos foram gravados digitalmente. O mais famoso deles foi capturado por uma câmera de circuito interno colocada no corredor de acesso

Carl Panzram.

ao seu apartamento, que resultou na sua prisão e foi transmitido ao redor do mundo. O segundo, uma cena horrenda, foi gravado em seu telefone celular. Vistas por só algumas pessoas envolvidas na investigação, as imagens foram destruídas depois de o Canibal da Besta ter sido condenado.

    Os atos criminosos retratados aqui datam de até quase cem anos: começam em um período em que muitas pessoas não tinham acesso à fotografia e terminam em um tempo em que criminosos possuem conta no Facebook. Se a afirmação de que os velhos tempos poderiam ser dias mais seguros é discutível, por outro lado inegavelmente esses eram tempos menos pesados ao estômago.

John Marlowe
Montreal, Quebec, Canadá

O Segredo Obscuro do Coronel

Nome: Russell Williams

Data de nascimento: 7 de março de 1963

Profissão: Coronel das forças armadas canadenses

Condenações anteriores: Nenhuma

Número de vítimas: 2

Em maio de 2005, Russell Williams, um respeitável membro das forças armadas canadenses, comandou voos que tinham como passageiros a Rainha Elizabeth II e o Príncipe Philip durante a visita do casal real ao Canadá. Williams conduziu missões similares para os primeiros-ministros Paul Martin e Stephen Harper. A *persona* pública de Williams inspirava dever, responsabilidade e confiança, o que seria depois contestável.

David Russell Williams nasceu em 7 de março de 1963 em Cardiff, País de Gales, mas viveu – e viverá – quase sua vida inteira no Canadá. Apesar de abalado pelo divórcio de seus pais e o casamento de sua mãe com um amigo da família, sua criação se deu em meio a certo conforto. Ele estudou em escolas públicas e particulares e terminou sua formação em 1986 com um título de bacharel em economia e ciência política da Universidade de Toronto. Sua empreitada seguinte foi uma surpresa até para seus amigos mais próximos. Influenciado pelo recém-lançado filme *Top Gun*, em que Tom Cruise estrelou como um convencido piloto de batalha, Williams se juntou às forças armadas canadenses. Para alguns, essa mudança abrupta de direção pareceu surreal, pois Williams nunca havia demonstrado interesse por atividades militares.

Ainda assim, contrariando seus amigos, Williams opta por essa nova carreira. Em 1990 ele já estava voando e, em 1º de janeiro de 1991, foi promovido a capitão. Em seus 23 anos de carreira militar, a Williams foram dadas importantes tarefas. Ele pilotou jatos que levavam VIPs, serviu como diretor-geral de carreiras militares e foi comandante do Esquadrão 437. Após passar seis meses no Golfo Pérsico, onde estava no comando do elemento de suporte de operações especiais no secreto Camp Mirage, Williams foi colocado no Departamento Nacional de Defesa, em Ottawa.

Um profissional exemplar

Williams ascendeu ao posto de coronel e, em julho de 2009, foi apontado oficial em comando da Base das Forças Canadenses (CFB) em Trenton, Ontário, a maior base da força aérea canadense. Para os seus superiores, Williams aparentava ser um profissional exemplar: era considerado um bom líder, uma pessoa bem organizada e especialista em administração. O tenente-general Angus Watt, então oficial em comando da força aérea canadense, descreveu Williams como "excepcionalmente calmo, muito lógico e racional". O coronel também era visto como um homem que falava confortavelmente com a imprensa.

Este último aspecto de sua personalidade foi muito relevante para os seus superiores hierárquicos. Durante a guerra no Afeganistão, a Base das Forças Canadenses de Trenton serviu de ponto de partida para os soldados que iam ao estrangeiro. Era nessa base que homens e mulheres que serviriam no Afeganistão dariam seus últimos passos em solo canadense... e era por lá também que os mortos em batalha retornavam. A responsabilidade era grande, mas esse trabalho também tinha seus benefícios. Como comandante, Williams tinha acomodação dentro da base aérea, que se tornou sua terceira casa.

Ele tinha um pequeno sítio na Travessa Cozy Cove, em Tweed, uma simpática cidade de aproximadamente 5 mil habitantes, a mais ou menos uma hora de carro ao nordeste de Trenton. Situado em frente a um lago, esse sítio oferecia uma adorável vista do pitoresco Lago Stoco. Mas Williams não ia ao lago com frequência. Seu vizinho, Larry Jones, lembra-se do coronel como um homem muito ocupado, alguém que entrava e saía de casa a qualquer hora. "Esse cara chega e sai de casa na escuridão. Nunca o vejo. Ele tem um controle remoto para sua garagem, que simplesmente não faz barulho para entrar. Eu pensei: 'Bem, deve se tratar de um homem muito ocupado – comandante da base e tudo mais.'"

A esposa do coronel, Mary-Elizabeth Harriman, costumava ficar na terceira casa de Williams, em Ottawa. Por estar localizado no meio do caminho entre Trenton e a capital nacional, o sítio servia como ponto de encontro do casal, que passava mais tempo separado do que junto.

Cargo de confiança: Williams era responsável pelos voos de dignitários pelo Canadá.

Pelo menos para alguns dos amigos dele, o relacionamento parecia ser um pouco estranho. Williams teve uma – a única – namorada enquanto estava na universidade. Quando esse relacionamento acabou, ele não saiu com mulheres por quase uma década. Até mesmo para seus amigos mais próximos, o casamento de Williams em 1991 parece ter vindo de surpresa.

Estranha compulsão

A esposa de Williams ia ao sítio em Cozy Cove aos finais de semana – mas não frequentemente. É pouco provável que ela estivesse em Tweed num final de semana no outono de 2007, quando seu marido plantou a primeira semente do medo na pequena cidade. No início havia pouca preocupação: uma jovem, quando voltava para casa, encontrou um vulto alto, usando trajes de corrida, tentando invadir sua casa. Quem quer que fosse, ficou assustado e fugiu. Pensava-se ser apenas algum garoto da vizinhança.

Ninguém suspeitava do coronel. Entretanto, outras invasões, essas obtendo sucesso, foram registradas pouco tempo depois. O invasor parecia não ter interesse por dinheiro, joias ou artigos eletrônicos: eram artigos femininos como sapatos, trajes de banho e calcinhas que estavam sendo roubados. Williams invadiu e roubou mais de 42 casas em Tweed, por vezes invadindo duas residências em uma noite. Entre as casas invadidas, três eram localizadas ao sul de seu sítio. Por vezes os vestígios de seus atos eram óbvios, mas em muitos casos Williams tomou o cuidado de não deixar sinais de seus crimes.

Apesar de ninguém ter feito a ligação naquele momento, as invasões de domicílio em Tweed não eram diferentes daquelas que aconteciam a três horas de distância, próximas da casa de Williams em Ottawa. Em janeiro de 2007, ele entrou em uma casa próxima, roubou calcinhas que pertenciam a uma adolescente e deixou o que foi descrito como "evidência de DNA" no local. Antes do fim de 2009, Williams fez ao menos outras 24 invasões similares.

Mais de mil peças de roupa foram roubadas. A tensão na comunidade cresceu, com muitas pessoas temendo pela própria segurança e de seus familiares.

A preocupação era compreensível, pois as invasões estavam aumentando em frequência. Nos dois meses seguintes à promoção de Williams a comandante da CFB em Trenton, nada menos que dez casas foram invadidas em Tweed. Para aqueles que investigavam os crimes, ocorria um padrão bastante previsível: trajes de banho, *lingerie*, sapatos e robes eram roubados, junto de uma ou outra fotografia. Eventualmente alguma evidência de DNA era deixada para trás.

Entretanto, em 17 de setembro de 2009, algumas horas depois de ter retornado de uma viagem ao Círculo Ártico, a rotina de Williams passou por uma mudança dramática e perturbadora. Pouco depois da meia-noite, uma jovem mãe de Tweed foi acordada por um invasor mascarado. Por duas horas ela foi estuprada, ameaçada e fotografada. O bebê, que tinha apenas 8 semanas de vida e estava dormindo ao lado, nada sofreu durante o episódio.

Na noite seguinte, enquanto a polícia investigava esse delito, Williams retornou à casa onde esses crimes ocorreram e, incrivelmente, a invadiu mais uma vez. Uma semana depois, após passar o dia na CFB de Trenton com o ministro da defesa canadense Peter MacKay, ele invadiu essa casa pela terceira vez.

Com o estupro, o padrão pervertido dos crimes de Williams havia mudado. Antes do final do mês, o coronel invadiu repetidamente uma casa próxima de seu sítio. Na terceira vez, ele encontrou uma vítima em casa. Como a primeira – sem falar nas outras –, sua vítima era uma mulher. Ela estava sozinha quando ele invadiu a casa. Ameaçando-a, Williams vendou seus olhos, amarrou-a em uma cadeira e cortou suas roupas. Pelas próximas duas horas e meia, ela foi esganada, agredida, estuprada e fotografada. Durante esse pesadelo, a vítima pensou ter reconhecido a voz de seu agressor.

Pela manhã a pequena Tweed havia se tornado o foco da ação da polícia da província de Ontário. A Travessa Cozy Cove estava coberta de investigadores, porém Williams não estava em casa. Mas isso pouco importava, pois quando os investigadores descobriram que ele era o comandante da CFB de Trenton, passaram a considerá-lo acima de qualquer suspeita. Dessa maneira, os investigadores concentraram seus esforços no vizinho de Williams, Larry Jones, que tinha uma das casas que não haviam registrado uma invasão. A segunda vítima de estupro achou que a voz que tivera reconhecido era de Jones. Passaram-se semanas antes de ele ser inocentado.

À medida que Jones era investigado, o caminho tomado por Williams se tornou mais obscuro. Em meados de novembro, ele invadiu a casa de uma professora que ensinava música na CFB de Trenton. O coronel roubou calcinhas e brinquedos sexuais, deixando uma mensagem intimidadora no computador dela. Sua vítima percebeu

Williams gostava de ser fotografado usando as roupas íntimas de suas vítimas.

depois que estava na casa com o invasor ao mesmo tempo, o que de certa maneira foi um sinal de sorte.

A próxima vítima de Williams foi Marie France Comeau, que também tinha ligações com a CFB de Trenton. A cabo das forças armadas, de 38 anos, morava em uma cidade próxima, Brighton, uma viagem de 15 minutos da base aérea.

Em 25 de novembro, três dias após ela servir em um voo que levou o primeiro-ministro Stephen Harper a uma visita ao Oriente, o corpo dela foi encontrado em sua casa. Ela havia sido estrangulada.

> Williams invadiu a casa de uma professora que ensinava música na CFB de Trenton. Ele roubou calcinhas e brinquedos sexuais, deixando uma mensagem intimidadora no computador dela.

No mesmo dia, Williams, enquanto comandante da base aérea, mandou uma carta para a família da vítima. "Por favor, me avise se há alguma coisa que eu possa fazer para lhes ajudar", ele escreveu. Entretanto, sua assistência se limitou a essa carta, uma vez que ele nem mesmo compareceu ao seu funeral.

Seria apenas uma questão de semanas antes que ele matasse novamente. Sua vítima, Jessica Lloyd, 27 anos, morava sozinha na estrada 37, em uma casa simples pela qual seu assassino passou diversas vezes enquanto dirigia entre Trenton e Tweed.

O último contato de Lloyd foi em 28 de janeiro de 2010, quando enviou uma mensagem de texto a uma amiga desejando-lhe boa-noite. Nada parecia incomum até a manhã seguinte, quando ela não compareceu ao trabalho. Uma busca em sua casa aumentou o nível de preocupação: foram encontradas a sua identidade, chaves e telefone celular, mas nenhum traço dela.

A busca pela mulher desaparecida durou mais de uma semana. Ela envolveu a polícia local e também equipes de busca e resgate da CFB de Trenton. Daí, em meio a esse persistente mistério, os investigadores deram um golpe de sorte: dois homens relataram que na noite do desaparecimento eles viram um veículo utilitário esportivo estacionado em um campo próximo da casa de Lloyd. Apesar de já terem se passado vários dias, as marcas dos pneus desse carro – distintas marcas – permaneceram preservadas na neve congelada.

Um bloqueio policial foi feito na estrada. Em 4 de fevereiro, uma semana após Lloyd ter desaparecido, Williams estava em meio a centenas de motoristas que estavam sendo interrogados pela polícia. Após poucas perguntas, Williams foi dispensado. O que o coronel não sabia era que, naqueles poucos minutos, ele havia se tornado o principal suspeito. Deste momento em diante, Williams estava sob vigilância policial.

A polícia tinha, mais uma vez, dado um golpe de sorte. Naquele dia, Williams estava dirigindo seu utilitário esportivo, em vez de seu carro preferido, uma BMW. Após três dias, a polícia telefonou para a casa de Williams em Orleans, pedindo para que ele fosse ao quartel-general da polícia de Ottawa para um interrogatório. De acordo com alguns relatórios, o coronel pensava que as questões seriam sobre o seu vizinho, Larry Jones.

O fim do jogo

Em vez disso, o coronel foi sujeito a um interrogatório conduzido pelo detetive-sargento Jim Smyth, da unidade de ciências comportamentais da polícia da província de Ontário. Gravações das dez horas seguintes são agora estudadas por agentes de segurança pública no mundo todo como exemplo de como obter uma confissão.

De certa forma, a obtenção da confissão foi um jogo de xadrez psicológico em que um homem muito inteligente foi derrotado por outro. Ainda assim, Smyth teve o cuidado de não se colocar enquanto um inimigo. Em vez disso, ele calmamente apresentou as provas, o que levou a esse diálogo localizado na quinta hora de interrogatório:

> **SMYTH:** *Então, o que é que estou fazendo aqui, Russ? Estou dando o melhor de mim aqui, amigo, de verdade. Não sei o que mais fazer para você entender o impacto do que está acontecendo aqui. Podemos conversar?*
>
> **WILLIAMS:** *Eu quero minimizar o impacto disso na minha esposa.*
>
> **SMYTH:** *Eu também.*
>
> **WILLIAMS:** *Então, como faremos isso?*
>
> **SMYTH:** *Bem, comece falando a verdade.*
>
> **WILLIAMS:** *OK.*

SMYTH: *OK. Então, onde está ela [Jessica Lloyd]?*
WILLIAMS: *Tem um mapa?*

Enquanto Williams estava sendo interrogado, a polícia estava agindo por meio de mandados de busca e apreensão nas suas casas de Orleans e Tweed. Os policiais encontraram roupas íntimas, trajes de banho, robes e sapatos roubados. Ele também havia se apropriado de diversas fotos das mulheres e meninas as quais ele havia roubado. Mas havia mais imagens: milhares de fotos que Williams tinha tirado das duas mulheres que ele estuprou, assim como das duas que ele matou. Havia outras fotos dele próprio vestindo roupas íntimas roubadas. O coronel contribuiu inconscientemente para as investigações com um computador no qual ele gravou as datas e os endereços de seus crimes, com um inventário dos itens que ele tinha roubado.

No dia seguinte à sua confissão no interrogatório, Williams levou a polícia ao corpo de Jessica Lloyd, que foi deixado em uma floresta a dez minutos do sítio de Cozy Cove.

Williams foi acusado de dois assassinatos dolosos, dois estupros, dois crimes de cárcere privado e 82 outras acusações referentes a roubo e invasão de domicílio. Enquanto esperava por seu julgamento na cadeia, o coronel tentou suicidar-se enfiando um rolo de papel higiênico em sua garganta, mas sua tentativa foi frustrada pelos guardas prisionais.

Em 22 de outubro de 2010, o homem que já foi responsável pela segurança da Rainha Elizabeth II e do Príncipe Philip recebeu duas sentenças de prisão perpétua por dois assassinatos com dolo, quatro sentenças de dez anos por cárcere privado e abuso sexual e 82 sentenças de um

A descoberta: Marcas distintas de pneu na cena do crime

Comportamento no tribunal: Derrotado

Afirmação de defesa: "Por quê? Eu não sei as respostas. E tenho certeza de que elas nem mesmo importam."

Condenação: Duas condenações à prisão perpétua, quatro condenações de dez anos e 82 condenações de um ano

ano pelos roubos. Nesse mesmo dia, suas patentes, comissões e prêmios foram retirados, seu uniforme e medalhas foram destruídos, o que se acredita ter sido uma ação sem precedentes no Canadá.

O Canibal da Besta

Nome: Stephen Griffiths
Data de nascimento: 24 de dezembro de 1969
Profissão: Estudante
Apelidos: O Canibal da Besta, O Homem Lagarto
Condenações anteriores: Furto e agressão
Número de vítimas: Ao menos 3

G raduado em psicologia e estudante de doutorado em ciências criminais aplicadas, Stephen Griffiths está destinado a ser lembrado como "O Canibal da Besta". Esse apelido horripilante não tem sua origem na imprensa especializada: ele foi cunhado pelo próprio assassino. Em 28 de maio de 2010, vestindo uma camisa preta e jeans, ele estava diante dos magistrados na corte quando, de forma ousada, deu esse nome em vez de seu nome de batismo.

Essa declaração foi recebida com engasgos da plateia, que não tinha ideia do que ele havia feito com as três mulheres que era acusado de assassinato. Quando questionado sobre seu endereço, o Canibal da Besta respondeu: "Acredito que seja aqui". Esta breve frase fez parte de um monólogo de três minutos, que terminou com o homem de 40 anos confirmando sua data de nascimento.

Stephen Shaun Griffiths nasceu em Dewsbury, West Yorkshire, em 24 de dezembro de 1969 – como todas as crianças, Stephen não aguentou esperar até o Natal. O mais velho de três irmãos, Shaun, como era conhecido, era uma criança franzina. O primeiro apelido do Canibal da Besta era "O Homem-vara".

Ao contrário de seus irmãos, Griffiths era reservado e quieto. "Não era possível saber o que acontecia ali", ressaltou um tio. "Ele sempre foi uma pessoa solitária."

Griffiths não parecia ligar para futebol ou qualquer outro interesse típico de meninos dessa idade. O que não quer dizer que ele não atraía atenções. Um ex-vizinho dele lembra que, quando criança, o futuro assassino tinha o hábito de matar e desmembrar pássaros: "Parecia que ele aproveitava cada momento do que fazia. Ele não dissecava os animais pedaço a pedaço, ele os destroçava".

Em apuros

Quando Griffiths era ainda muito jovem, seus pais se separaram. Ele mudou-se com sua mãe, irmã e irmão para a cidade de Wakefield.

Fotos das vítimas Susan Rushworth, Suzanne Blamires e Shelley Armitage que foram liberadas pela polícia.

Lá, ele estudou na cara e exclusiva escola Queen Elizabeth Grammar School, que também teve como aluno o *serial killer* John George Haigh, "O Assassino da Banheira com Ácido".

Ele era um estudante aplicado, mas fora da escola Griffiths tinha constantes problemas com a lei. No princípio de sua adolescência, ele foi pego roubando objetos de uma garagem. Quando tinha 17 anos, ele esfaqueou um gerente de supermercado que o havia surpreendido enquanto roubava. Griffiths recebeu uma pena de três anos por esse ataque, sendo que alguns desses anos foram passados em um hospital mental de segurança máxima. Um dos médicos diagnosticou Griffiths como "um psicopata sádico e esquizoide". Outro médico registrou que o jovem tinha uma "preocupação com assassinatos, em particular, com múltiplos assassinatos". Griffiths contou ao responsável por sua condicional que ele acreditava que um dia se tornaria um *serial killer*.

As coisas ficaram tão sérias que no prédio em que Griffiths morava foi instalado um alarme de emergência.

Em três anos, Griffiths estava de volta à prisão, dessa vez, por manter uma faca no pescoço de uma menina. Ele não conseguiu dar motivos para suas ações.

Não muito após ser solto, o futuro Canibal da Besta estava em apuros mais uma vez, agora por posse de duas armas de ar comprimido e por carregar uma faca em público. A despeito dos anos em que esteve encarcerado, de outras posteriores detenções e de um comportamento imprevisível e antissocial, Griffiths conseguiu obter um diploma em psicologia da Universidade de Leeds. Ele foi aceito na Universidade de Bradford, onde começou um trabalho de seis anos, uma tese acadêmica chamada "Homicídio em uma cidade industrial", comparando técnicas modernas de assassinato em Bradford com aquelas usadas na segunda metade do século XIX. Griffiths incorporou também parte de sua pesquisa em "The Skeleton and the Jaguar", um site que ele construiu especializado em *serial killers*.

Ele passou bastante tempo *on-line*, frequentando sites de redes sociais. Griffiths se identificaria como "Ven Pariah... o misantropo que levou o ódio aos céus". Era dessa maneira que ele postava pensamentos perturbantes. "Humanidade", ele escreveu, "não é uma mera condição biológica, é também um estado da mente. Nesse sentido, eu sou, na melhor das hipóteses, um pseudo-humano; na pior, um demônio".

Suas relações com mulheres tendiam a ser curtas e ofensivas, ainda assim, ele foi pai de pelo menos uma criança. Griffiths foi preso diversas vezes por violência doméstica, e uma vez compareceu ao tribunal por ter deixado mensagens ameaçadoras na secretária eletrônica de uma ex-namorada.

Hábitos sinistros

Da adolescência em diante, Griffiths era um dos que podiam ser descritos pela mídia como "conhecidos pela polícia". Em 2008, ele chamou a atenção dos bibliotecários locais por emprestar muitos livros relacionados ao desmembramento humano. O sinal de alerta coincidiu com os problemas que estavam ocorrendo no prédio em que ele alugou um pequeno apartamento. Os vizinhos estavam sendo ameaçados, enquanto que as vizinhas se tornavam o foco de atenção indesejada. Duas mulheres relataram que uma vez o amigável e educado Griffiths agora havia se tornado extremamente hostil depois de suas investidas terem sido rejeitadas.

A administração do prédio ficou tão preocupada que instalou câmeras de circuito interno de televisão e um botão de pânico para o zelador. Um funcionário de longa data da empresa proprietária do prédio estava convencido de que era apenas uma questão de tempo antes de Griffiths cometer um assassinato... o que ele não tardou a fazer.

É provável que o verdadeiro número de vítimas assassinadas por Stephen Griffiths nunca seja descoberto; ele admitiu apenas três, sendo a primeira vítima Susan Rushworth, 43 anos.

Ela era uma prostituta que lutava contra o vício em heroína, e foi vista viva pela última vez próxima à sua casa, nos últimos minutos do dia 22 de junho de 2009. Nos meses seguintes, a polícia fez diversos apelos ao público, na esperança de ter alguma pista sobre a localização da mulher desaparecida.

O que as autoridades não sabiam, mas talvez suspeitassem, era que Susan Rushworth estava morta havia muito tempo. É quase certo que ela foi assassinada por Griffiths na noite de seu desaparecimento.

> *Griffiths uma vez compareceu ao tribunal por ter deixado mensagens ameaçadoras na secretária eletrônica de uma ex-namorada.*

Em 26 de abril de 2010, outra prostituta, Shelley Armitage, 31 anos, desapareceu enquanto trabalhava nas ruas do centro de Bradford. Ninguém percebeu no início, tendo passado dois dias até o registro de seu desaparecimento.

Menos de um mês depois, em 21 de maio, uma sexta-feira, Suzanne Blamires também desapareceu misteriosamente das ruas de Bradford. O mistério por trás do desaparecimento dessa prostituta de 36 anos duraria apenas um final de semana.

É sabido que Blamires acompanhou Griffiths ao seu apartamento, provavelmente de maneira voluntária. É também sabido que ela tentou ir embora. As mesmas câmeras de segurança que tinham sido instaladas no prédio em que Griffiths morava, pela administração preocupada, capturaram o fim súbito e rápido dela. As imagens de baixa qualidade mostram Blamires saindo do apartamento com o estudante de doutorado perseguindo-a. Ele bateu nela até que ela estivesse inconsciente, e a deixou deitada no corredor. Momentos depois, Griffiths retorna com uma besta, mira e atira uma flecha na cabeça de Blamires. Antes de arrastá-la de volta ao seu apartamento, ele levanta sua besta para a câmera, mostrando seu triunfo. Momentos depois, Griffiths retorna, agora com uma bebida, aparentemente brindando sua morte. Depois, o assassino pode ser visto carregando uma série de sacos de lixo para fora do prédio.

A primeira pessoa a ver essas imagens foi o zelador do prédio. Ele chamou a polícia – mas não antes de vender a história para um tabloide.

Griffiths foi preso em questão de horas. Perguntado sobre sua identidade, ele respondeu: "Sou Osama bin Laden", e depois adicionou

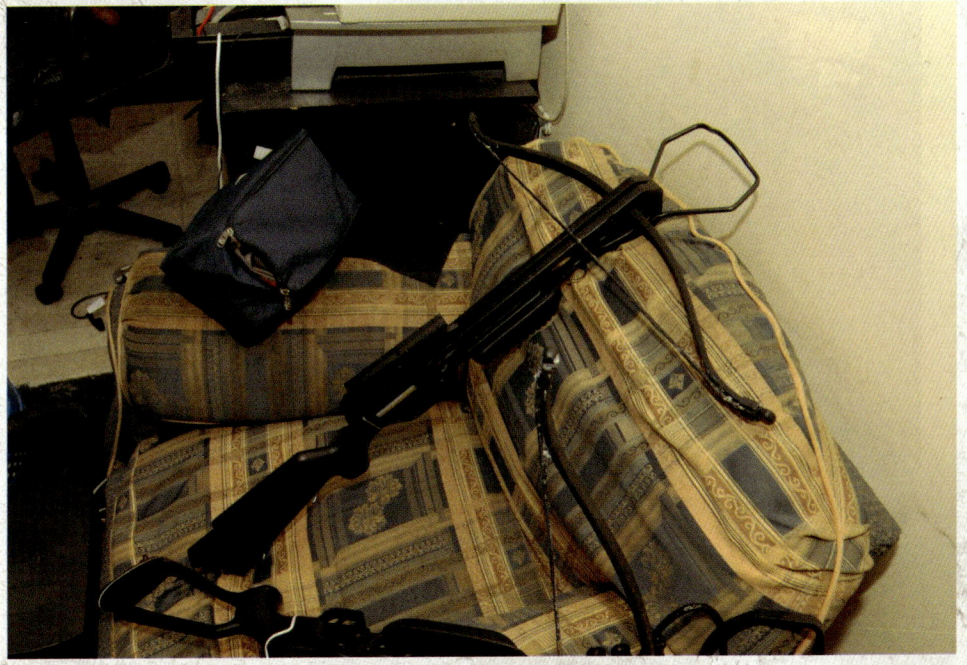

Bestas fotografadas no apartamento de Griffiths: a cabeça de Suzanne Blamires, perfurada por uma flecha de besta, foi encontrada em uma mochila no Rio Aire, em Shipley.

enigmaticamente: "Eu matei muitas mais do que Suzanne Blamires – matei várias. Peter Sutcliffe [o Estripador de Yorkshire] falhou completamente em Sheffield. Eu também, mas pelo menos consegui sair da cidade".

As autoridades fizeram buscas em sua casa e na região para encontrar sinais de Blamires e das outras mulheres desaparecidas. As prateleiras do pequeno apartamento estavam repletas de filmes de horror, livros sobre *serial killers*, terrorismo e genocídio. Não era totalmente verdade que Griffiths morava sozinho: ele tinha dois lagartos,

Um policial forense examina o lado de fora da casa de Griffiths.

os quais ele alimentava com ratos criados exclusivamente para esse propósito.

    O primeiro corpo não foi descoberto pela polícia, mas sim por um cidadão no Rio Aire. O cadáver encontrado, separado em pelo menos 81 pedaços, não estava completo. Mergulhadores da polícia recuperariam depois uma mala preta contendo os instrumentos que Griffiths usou para dissecar o corpo. Como ficaria claro nos dias seguintes, Griffiths consumiu diversos quilos da carne de suas vítimas. Os restos encontrados seriam identificados como pertencentes a Blamires. A identificação ocorreu sem a ajuda de exames de DNA – sua cabeça, com a flecha, foi encontrada em uma mochila. Em algum momento, Griffiths cravou uma faca em seu crânio.

Um matadouro na banheira

Durante os interrogatórios, o homem que perambulava continuamente pela internet se mostrou estranhamente reticente. Quando perguntado sobre por que ele sentia a necessidade de matar, Griffiths parecia inicialmente estar confuso. "Não sei", ele disse. Mas então completou: "Às vezes você mata alguém para matar a si mesmo, ou matar uma parte de si mesmo. Não sei, não sei, são vários problemas dentro de mim".

> A filmagem mostra Armitage nua e amarrada, com as palavras "Minha Escrava Sexual" escritas em suas costas com tinta spray preta. Griffiths pode ser escutado dizendo: "Sou Ven Pariah, sou o Artista do Banho de Sangue. Esta é uma modelo que está me dando assistência".

O investigador pressionou: "Então por que você sentiu a necessidade de matar essas mulheres?".

"Não sei", Griffiths finalmente respondeu. "Eu sou um misantrópico. Não tenho muito tempo para a raça humana."

Griffiths progressivamente revelou sobre os assassinatos, fornecendo à polícia alguns detalhes macabros. Ele descreveu a banheira de seu apartamento como sendo um "matadouro", dizendo que foi lá que suas vítimas foram desmembradas. Ele usou ferramentas elétricas para cortar os dois primeiros corpos, cozinhando as partes que ele comeria em uma panela.

Blamires foi cortada com uma faca convencional, e sua carne comida crua. "Isso é parte da mágica", ele disse, explicando sua predileção por carne humana.

Se por um lado Griffiths não estava dividindo muitos detalhes dos assassinatos com a polícia, os agentes de segurança pública tinham provas em vídeo.

Havia a morte de Suzanne Blamires, que tinha sido captada por uma câmera de segurança, mas essas terríveis imagens desbotam perto das de Shelley Armitage.

Griffiths filmou a morte da segunda vítima usando o seu telefone celular, que ele acabou deixando em um trem. O aparelho foi comprado e vendido duas vezes antes de a polícia conseguir rastreá-lo. As filmagens contidas foram descritas por um experiente detetive como as mais perturbantes imagens que ele havia visto em sua vida.

Armitage é mostrada nua e amarrada, com as palavras "Minha Escrava Sexual" escritas em suas costas com tinta spray preta. Griffiths pode ser escutado dizendo: "Sou Ven Pariah, sou o Artista do Banho de Sangue. Esta é uma modelo que está me dando assistência".

Somente Susan Rushworth foi poupada da humilhação de ter sua morte captada por uma câmera. Os investigadores acreditam que ela tenha sido assassinada com um martelo.

Em 21 de dezembro de 2010, três dias antes de completar 41 anos, Griffiths foi condenado pelos assassinatos de Susan Rushworth, Shelley Armitage e Suzanne Blamires.

Sinais de perigo: Crueldade infantil com pássaros; obsessão com assassinatos em massa determinaram sua escolha de estudos

Padrão de crimes: Crescente violência direcionada às mulheres, levando ao desmembramento e canibalismo

A descoberta: Circuito interno de câmeras de televisão captou o terceiro assassinato

Comportamento no tribunal: Corajoso na primeira aparição, abatido na leitura da sentença

Confissão: "Eu ou parte de mim é responsável por matar Susan Rushworth, Shelley Armitage e Suzanne Blamires, que eu conheço como Amber."

Condenação: Prisão perpétua sem liberdade condicional

Ele foi sentenciado à prisão perpétua. (Curiosamente, ele fez questão de ser representado pela firma Lumb & Macgill, de Bradford, que representou o *serial killer* Peter Sutcliffe no início dos anos 1980.)

Desde que está em custódia da polícia, Griffiths tentou o suicídio diversas vezes. Ele também fez uma greve de fome, tendo perdido cerca de 18 quilos. Atrás das grades, Griffiths não é tanto um "Canibal da Besta", mas sim um "Homem-vara".

A Fazenda da Morte

Nome: Robert Pickton
Data de nascimento: 25 de outubro de 1949
Profissão: Fazendeiro
Apelido: O Suinocultor Assassino
Acusações anteriores: Uso ilegal de armas de fogo e tentativa de assassinato (acusação retirada)
Número de vítimas: 6 a 49

Quando Robert Service admirou as paisagens da Columbia Britânica, no Canadá, o poeta descreveu o que viu como sendo "algo mais grandioso do que minha imaginação poderia conceber". A província mais ocidental do Canadá é conhecida por suas belezas naturais. Robert Pickton via essas paisagens maravilhosas diariamente, mas o que o cercava era certamente menos atraente.

Pickton vivia em uma fazenda de porcos. Tratava-se de um pedaço de terra de 17 acres bastante lamacento e deteriorado que ele e seus irmãos herdaram de seus pais.

Nas ocasiões em que saía de casa, Pickton podia ser frequentemente encontrado a 30 quilômetros caçando drogadas e outras desesperadas em Vancouver.

Para fugitivos, sem-teto e aqueles que dependem exclusivamente da própria sorte, a maior cidade da Columbia Britânica conserva um fascínio compreensível.

Localizada diante do caloroso Oceano Pacífico, Vancouver tem invernos mais amenos do que as outras grandes cidades canadenses. Para os viciados em entorpecentes, há uma fonte regular de drogas ilegais fluindo a partir de seu porto. Para aqueles que ainda sonham com a fama repentina, há também a fantasia a ser encontrada na potente indústria cinematográfica da cidade: "Hollywood do Norte" é apenas um dos muitos apelidos dessa cidade.

Infelizmente, Vancouver é também de longe a cidade mais cara do Canadá; na América do Norte, o custo de vida só é superado por Manhattan. O mercado imobiliário está em alta, e os aluguéis são caros e muitas vezes difíceis de obter. Essa cidade possui a maior concentração de milionários da América do Norte, e é também o lar dos bairros mais pobres do país. Assombrado por prédios gloriosos, lembranças de um tempo distante em que era uma conhecida região de compras, o bairro Downtown Eastside, em Vancouver, é uma praga

Port Coquitlam fica próxima de belas paisagens rurais. PoCo, como é conhecida, é a 88ª maior cidade canadense em população.

na paisagem utópica da cidade. Os bancos desapareceram anos atrás, junto com as lojas de departamento. Os poucos estabelecimentos que não estão lacrados acomodam algumas lojas de penhor. Fora deles e nos quarteirões ao redor, prostitutas – algumas com até 11 anos – vendem seus corpos.

Apetites monstruosos

Pickton não tinha como alvo crianças. Supõe-se que sua primeira vítima foi uma mulher chamada Rebecca Guno, 23 anos, que foi vista pela última vez em 22 de junho de 1983. Seu desaparecimento foi relatado três dias depois – um tempo curto comparado com as outras vítimas. A próxima, Sheryl Rail, não teve seu desaparecimento relatado por três anos. As vidas de Guno e Rail são apenas duas das seis que Pickton matou em sua primeira década de assassinatos. Com até 28 meses entre um e outro assassinato, o criador de porcos não tinha um padrão na execução de seus crimes. Esses primeiros assassinatos, aparentemente espontâneos e erráticos, fizeram com que Pickton passasse despercebido. Foi apenas nos últimos anos do milênio passado que começou a se especular sobre a atuação de um *serial killer* nas ruas mais decrépitas de Vancouver. A essa altura, Pickton já havia estabelecido seu ritmo: acredita-se que ele matou nove mulheres só no segundo semestre de 1997.

No ano seguinte, o departamento policial de Vancouver começou a rever os casos de mulheres desaparecidas nas últimas três décadas. Nesse momento, conversas sobre um *serial killer* podiam ser ouvidas até nas partes mais refinadas e sofisticadas da cidade, e ainda assim a polícia considerava isso apenas especulação.

Quando um policial, o inspetor Kim Rossmo, levantou a questão, ele foi prontamente rechaçado. "Não estamos em posição para dizer se há um *serial killer* lá fora", disse o também inspetor Gary Greer. "Não estamos em posição para dizer que essas pessoas desaparecidas estão mortas, não estamos dizendo nada disso."

A polícia assumiu que as mulheres desaparecidas tinham encontrado uma nova vida em outro lugar. Afinal, prostitutas eram conhecidas por modificar repentinamente seus nomes e localizações.

Calgary, a 970 quilômetros ao leste, e carregada de dinheiro oriundo do petróleo, era assinalado como um destino provável.

Anos depois, o jornalista Stevie Cameron adicionaria essa observação: "Nunca houve um corpo. A polícia não gosta de investigar casos em que não há um corpo".

> Em 1997, Pickton se meteu em uma briga de facas com uma prostituta em sua fazenda, que resultou em ambos serem tratados no mesmo hospital.

Mesmo com as autoridades desconsiderando a possibilidade de um *serial killer*, Pickton continuava seu trabalho sangrento. Entre as vítimas que matou estava Marcella Creison. Solta da prisão em 27 de dezembro de 1998, ela nunca apareceu em um tardio jantar de Natal preparado por sua mãe e seu namorado. Infelizmente, seu desaparecimento só foi relatado 14 dias depois.

O que causava mais confusão era que algumas das mulheres que tiveram seu desaparecimento relatado eram encontradas vivas. Patricia Gay Perkins, que havia desaparecido deixando para trás seu filho de um ano, contatou a polícia de Vancouver depois de ter lido seu nome em uma lista de desaparecidos. Uma mulher foi encontrada vivendo em Toronto, enquanto outra foi descoberta morta por uma overdose de heroína. Ainda assim, a lista das desaparecidas aumentava, mesmo com alguns casos tendo sido resolvidos.

Se aceitasse, por um momento, a hipótese do *serial killer* à solta, por onde a polícia deveria procurar? Havia, aparentemente, muitos suspeitos – dúzias de homens violentos que foram acusados de agressão nas duas décadas anteriores. Entretanto, Robert Pickton não estava entre eles. Deveria ele estar?

Em 1997, Pickton se meteu em uma briga de facas com uma prostituta em sua fazenda, que resultou em ambos serem tratados no mesmo hospital.

As enfermeiras removeram as algemas do pulso da mulher com a chave que estava com Pickton. Ele foi acusado de tentativa de assassinato, acusação essa que foi depois desconsiderada.

Em 1998, Bill Hiscox, um dos empregados de Pickton, foi à polícia para denunciar uma suposta instituição de caridade, a Piggy Palace Good Times Society, que era gerenciada por Robert e seu irmão Daniel. Acomodada em uma construção adaptada na fazenda de porcos, Hiscox alegou que aquilo não era nada além de um local para festas repletas de prostitutas.

Aquela não foi a primeira vez que a polícia ouviu falar da Piggy Palace Good Times Society. Estabelecida em 1996 com a finalidade de "coordenar, gerenciar e operar eventos especiais, festividades, bailes, shows e exibições em nome de organizações esportivas, de serviços e outras de notável relevância", essa sociedade violou continuamente as leis de Port Coquitlam. Havia festas – tantas festas – que traziam mais de mil pessoas a uma propriedade que era classificada como estritamente agrícola.

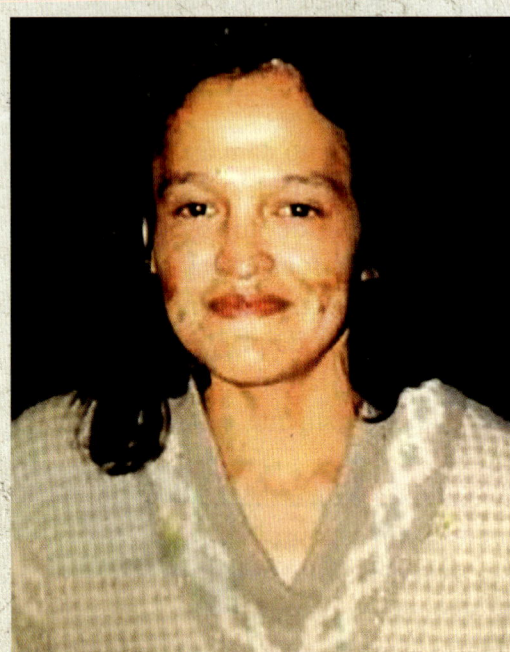

A morte de Dawn Crey, 43 anos, só foi confirmada quando a polícia encontrou seu DNA na fazenda.

Os estranhos acontecimentos que ocorriam na Piggy Palace Good Times Society podem ter sido uma preocupação, mas o que Hiscox realmente desejava averiguar era sobre as mulheres desaparecidas. O empregado de Pickton disse à polícia que bolsas e outros itens que poderiam identificar as prostitutas seriam encontrados na fazenda.

A polícia visitou a propriedade em Port Coquitlam ao menos quatro vezes, uma delas com o acompanhamento de Hiscox, mas não encontrou nada. Robert Pickton se tornaria um de muitos descritos enquanto "pessoa de interesse".

Missão: matar

Os anos passaram, mulheres continuaram a desaparecer, mas ainda assim a noção de um *serial killer* em atividade em Downtown Eastside estava sendo descartada.

Em 2001, o número de mulheres desaparecidas nessa região subiu para 65 – um número que a polícia não podia mais ignorar. Em abril, uma equipe chamada "A Força-tarefa das Mulheres Desaparecidas" foi formada. A prisão de Gary Ridgway sete meses depois por policiais americanos trouxe um interesse momentâneo. Melhor conhecido como o "Assassino do Rio Verde", Ridgway matou diversas prostitutas na região de Seattle, a mais ou menos 240 quilômetros ao sul de Vancouver. Os diversos assassinatos coincidiram com o desaparecimento de muitas mulheres, mas em pouco tempo ficou claro que Ridgway não tinha relação com os eventos ocorridos ao norte da fronteira. A Força-tarefa das Mulheres Desaparecidas observou outros *serial killers* americanos, como o fetichista por pés Dayton Rogers, "O Assassino da Floresta de Malolla", que matou várias prostitutas no estado americano do Oregon.

Apesar da recém-estabelecida força-tarefa, prostitutas continuavam a desaparecer. Ninguém poderia prever o que ocorreria em fevereiro de 2002.

No início do mês, Pickton foi preso e acusado de uma variedade de crimes relacionados ao uso ilegal de armas de fogo, incluindo a acomodação irregular de armas, posse de armas sem licença e posse de armas restritas sem licença. Durante a busca pela propriedade de Pickton, a polícia encontrou pertences de uma das mulheres desaparecidas.

Pickton foi solto por meio de fiança, mas foi mantido sob vigilância policial. Em 22 de fevereiro, ele foi novamente levado pela polícia – dessa vez para ser acusado de dois homicídios qualificados, das prostitutas Serena Abotsway e Mona Wilson. O suinocultor nunca mais teria um dia de liberdade.

A fazenda de Pickton parecia ter saído de um filme de ficção científica. Os investigadores e os agentes forenses, vestindo trajes especiais para evitar contaminação, procuraram por indícios das mulheres desaparecidas. Cabeças decepadas foram encontradas em um freezer, uma máquina de serragem de madeira tinha mais pedaços, e ainda outros foram encontrados na pocilga e onde os porcos se alimentavam. Esses achados foram relativamente fáceis: uma equipe de 52 antropólogos forenses foi trazida para buscar vestígios como ossos, dentes e cabelo pelo resto dos 14 acres da propriedade. A diligência recolheu mais de 10 mil provas – e, para Pickton, mais 24 acusações de assassinato.

A polícia rastreou a propriedade de Pickton nos mínimos detalhes – a diligência produziu mais de 10 mil provas.

Mas, para os cidadãos de Vancouver, principalmente os amigos e parentes das mulheres desaparecidas, essas descobertas vieram muito tarde. Em lugar dos elogios vieram as críticas. Como a polícia não havia encontrado nada suspeito quando visitou a fazenda alguns anos antes? Serena Abotsway, Mona Wilson e várias outras mulheres cujos restos mortais foram encontrados na fazenda tinham desaparecido após aquelas buscas iniciais. Será que as suas vidas poderiam ter sido poupadas?

Podemos formular outra pergunta: o que sabemos sobre Robert Pickton? Uma década após fazer manchetes como o mais prolífico *serial killer* do Canadá, sua imagem ainda não se formou completamente.

Pickton prometia às prostitutas não só dinheiro, mas drogas e álcool, se elas o acompanhassem ao Piggy Palace. Suspeita-se que ele invariavelmente acusava suas vítimas de roubo. Ele então amarrava cada mulher, antes de as estrangular com um cabo ou cinto. Pickton então arrastava suas vítimas para o matadouro, onde ele utilizava suas habilidades de açougueiro.

Alguns restos mortais ele enterrava na fazenda, enquanto que outros ele utilizava para alimentar seus porcos. Mais restos mortais foram encontrados na West Coast Reduction Ltd, uma "usina de reciclagem e processamento de animais", localizada a uma curta distância da rua principal e da Hastings, a área mais degradada do país. Na verdade, várias prostitutas caminhavam nas ruas do entorno da fábrica. Por fim, o produto dessa usina seria utilizado em cosméticos ou em ração para animais.

Testes de DNA encontraram vestígios de algumas vítimas nos porcos da fazenda. Apesar de a carne processada lá nunca ter sido vendida no comércio, Pickton a distribuía entre seus amigos e vizinhos.

"Pregado na cruz"

Demorou quase cinco anos e 100 milhões de dólares a preparação para o caso de Pickton. O suinocultor negou as acusações a todos, exceto uma pessoa: um policial à paisana que foi colocado em sua cela. As palavras do suinocultor foram capturadas por uma câmera escondida: "Eu ia fazer mais, um número redondo, 50. Eu fui desleixado, queria mais uma. Fazer... fazer 50 vítimas!".

Pickton parecia reconhecer que estava encurralado, que não haveria nenhuma possibilidade de o inocentarem. "Acho que estou pregado na cruz", ele disse ao seu falso companheiro de cela. "Mas se isso acontecer, outros 15 vão abaixo comigo."

Essa afirmação só aumentou as suspeitas de que os restos mortais encontrados na fazenda não eram de autoria exclusiva de Pickton. Mesmo assim, em 22 de janeiro de 2007, quando o suinocultor esteve no tribunal, ele estava sozinho.

O julgamento procedeu com base em um grupo de seis acusações que foram retiradas das 26 que Pickton enfrentava. Como explicado pelo juiz James Williams, essa separação aconteceu pelo tribunal crer que ter de lidar com todas as 26 acusações poderia durar até dois anos e colocaria um peso muito grande sobre os jurados.

O julgamento de Pickton durou quase 11 meses e foi o mais longo da história canadense. Pickton, que alegou inocência para todas as acusações, permaneceu sentado mal prestando atenção às 128 pessoas que testemunharam no processo.

Não houve surpresa na sua condenação, apesar de alguns detalhes inesperados sobre o veredito. Em 9 de dezembro de 2007, depois de nove dias de deliberação, os jurados condenaram Pickton por só seis homicídios

Sinais de perigo: Ataque com faca a uma prostituta

A descoberta: Provas descobertas durante busca por armas de fogo ilegais

Comportamento no tribunal: Entediado, distraído, rabiscando um papel

Pronunciamento do juiz: "A conduta do Sr. Pickton foi repetidamente homicida. Eu não sei todos os detalhes, mas sei disso: o que aconteceu a essas mulheres foi sem sentido e desprezível."

Condenação: Prisão perpétua sem liberdade condicional

dolosos, uma vez que não estavam convencidos de que Pickton tinha atuado sozinho.

Robert Pickton foi condenado à prisão perpétua. Apesar de ele ter a possibilidade de liberdade condicional após 25 anos, é pouco provável que ela seja concedida.

Um Obcecado por Controle

Nome: Phillip Garrido
Data de nascimento: 5 de abril de 1951
Formação: Graduado no Ensino Médio
Profissão: Impressor, ex-traficante de drogas
Condenações anteriores: Estupro e sequestro
Cúmplice: Nancy Garrido (esposa)
Acusações: Estupro e sequestro

Phillip Garrido

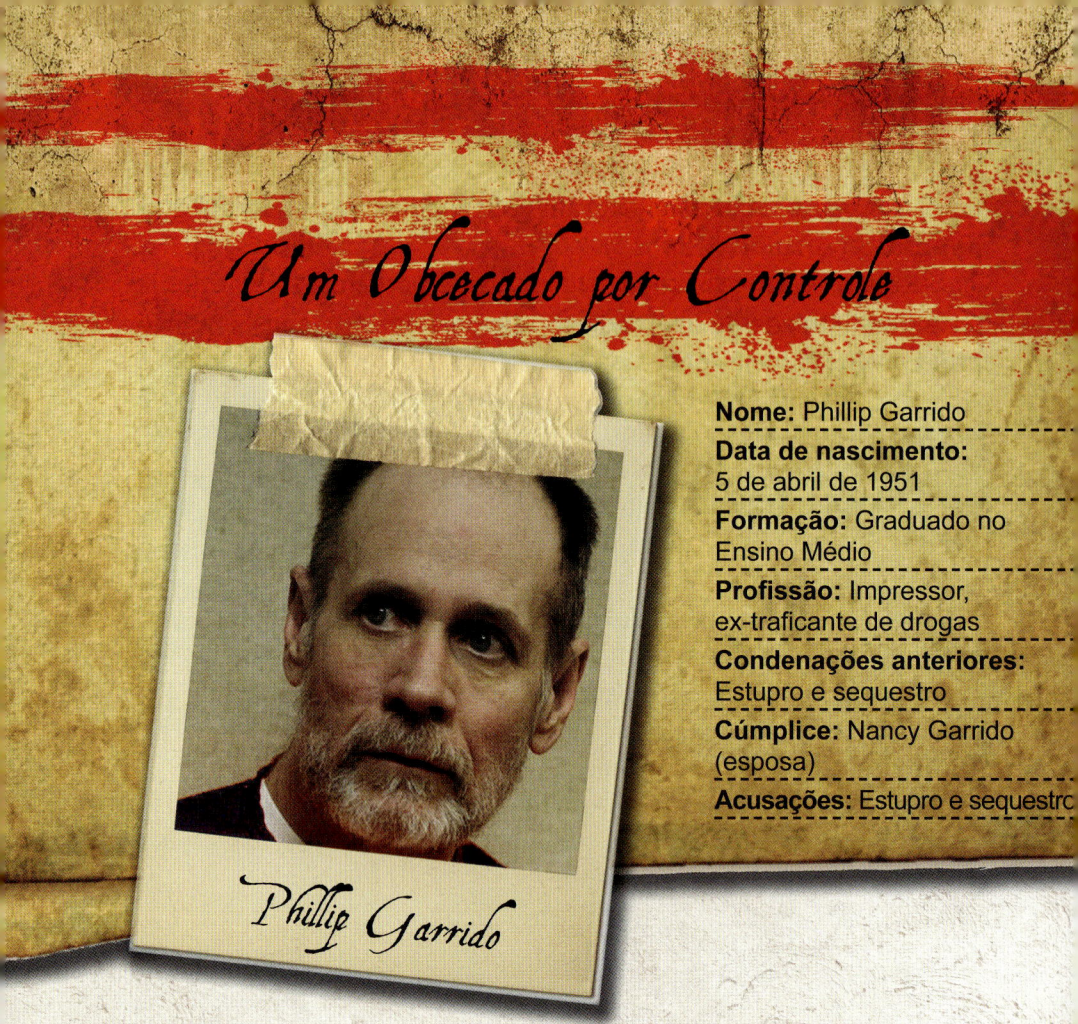

Um filho do *baby-boom* nascido com vista para São Francisco, Phillip Garrido tinha certeza que seu futuro seria de fama. Quando jovem, ele acreditava que estava destinado ao estrelato sendo um músico de rock. Na medida em que os anos passaram, o sonho se desfez, e foi substituído pela ideia de tornar-se uma figura messiânica. No final, ele alcançou certa fama. Mas a única pessoa que o admira é sua esposa, a mulher que o ajudou a cometer seus crimes desprezíveis.

Phillip Craig Garrido veio ao mundo em 5 de abril de 1951 no condado de Contra Costa. Seu pai, Manuel, um operador de empilhadeira, lhe provinha uma casa humilde, mas confortável. Pouco é conhecido sobre a infância de Phillip, em parte pelo fato de seu pai querer dinheiro em troca de informações sobre seu filho.

Dito isso, a infância de Phillip pode parecer realmente irrelevante. Pode ser que esse período não tenha sido efetivamente formador do monstro que se tornaria alimento para noticiários televisivos. Não, de acordo com alguns que conheceram Phillip, seu comportamento antissocial e perigoso começou com um acidente de motocicleta que ele sofreu quando era adolescente. Sobre isso, até seu pai quis emitir uma opinião: de acordo com Manuel, antes desse evento trágico Phillip era um "bom garoto". Depois? Bem, Phillip se tornou incontrolável e começou a usar drogas.

> Quando sua armadilha estava pronta, Phillip tomou quatro tabletes de LSD e atacou a mulher que há muito tempo perseguia. Devido ao seu estado sob a influência de drogas, ela conseguiu lutar e fugir.

A despeito de seu bom comportamento, Phillip se formou na Liberty High School com o resto de sua turma. O ano era 1969 e a contracultura americana era penetrante. Phillip parecia absorver tudo. Ele deixou seu cabelo crescer, comprou uma jaqueta de couro com franjas e tocava contrabaixo em uma banda de rock psicodélico. Mas, na realidade, o recém-formado tinha pouco a ver com paz e amor. Com 18 anos de idade, Phillip já havia cometido seu primeiro estupro, e regularmente batia em sua namorada, Christine Perreira.

Em 1972, ele foi acusado de estuprar uma menina de 14 anos que ele havia empanturrado de barbitúricos. Phillip não cumpriu tempo de prisão pelo fato de a garota ter se recusado a testemunhar. O que as autoridades não tinham percebido naquele momento era que elas poderiam ter colocado sobre o jovem outra acusação – Phillip havia se tornado um dos traficantes mais requisitados do condado de Contra Costa.

Uma vez livre da acusação de estupro, Phillip se casou com Christine. O jovem casal assentou a 300 quilômetros ao nordeste em South Lake Tahoe. Nessa pequena cidade, as drogas já não eram a principal fonte de renda de Phillip, pois Christine arranjou um emprego no cassino Harrah's, enquanto que ele buscava seu sonho de se tornar uma estrela do rock.

O plano pervertido

Três anos se passaram, e o sonho em vinil ainda iludia Phillip. Cada dia era coberto por uma névoa feita de maconha, cocaína e LSD. Ele passava várias horas se masturbando enquanto observava garotas de idade escolar do outro lado da rua, mas seu objeto de desejo era mesmo uma mulher.

Phillip estava seguindo-a por meses, durante os quais ele desenvolveu um plano bastante elaborado,

A ideia de romance, para Garrido, não envolvia consentimento.

que ele colocou em funcionamento ao alugar um depósito em Reno, a 100 quilômetros ao sul. Ele então arrumou o local e instalou tapetes para conseguir isolamento acústico. Um colchão foi trazido, bem como lençóis de cetim, garrafas de vinho e uma extensa coleção de revistas pornográficas.

Quando sua armadilha estava pronta, Phillip tomou quatro tabletes de LSD e atacou a mulher que há muito tempo perseguia. No entanto, por conta de seu estado sob a influência de drogas, ela conseguiu lutar e fugir. Frustrado, Phillip dirigiu até o cassino Harrah's, onde ele pediu a uma colega de sua esposa, Katie Calloway Hall, para que lhe desse uma carona para casa.

Katie não teve tanta sorte quanto a primeira vítima. Ela acabou sendo repetidamente estuprada no depósito de Phillip em Reno. Depois de oito horas de dor e humilhação, Katie foi resgatada por um policial cujo olhar foi levado à porta, que estava entreaberta.

Dessa vez Christine não ficou ao lado de Phillip: depois de sua prisão, ela cortou todos os laços com ele. O divórcio veio quando Phillip estava iniciando uma sentença de 50 anos de prisão em Leavenworth, Kansas.

Garrido e Nancy Bocanegra foram casados pelo capelão da prisão em Fort Leavenworth e tiveram visitas conjugais íntimas autorizadas.

Entretanto, para Phillip, o romance ainda estava no ar. Atrás das grades ele começou a corresponder-se com a sobrinha de um companheiro de cela, Nancy Bocanegra, quatro anos mais nova que ele. Em 1981, os dois se casaram em uma cerimônia conduzida pelo capelão da prisão. Phillip não tinha ainda cumprido um décimo de sua pena. Quando não estava aproveitando suas visitas conjugais íntimas com Nancy, ele estudava psicologia e teologia. A religião, aparentemente, era o novo foco de sua vida. Um católico de nascimento, ele se converteu, tornando-se uma testemunha de Jeová. A extrema devoção de Phillip ao seu novo credo foi citada pelo psicólogo da prisão como indício de que ele não cometeria mais crimes.

Phillip recebeu o benefício da liberdade condicional em 1988. Ele retornou

> Carl Probyn assistiu com horror a sua enteada de 11 anos ser carregada para dentro de um carro cinza. Ninguém conseguiu anotar a placa do veículo, que saiu acelerado.

A vítima Jaycee Dugard revelou que seus sequestradores lhe contaram que ela foi abduzida para "ajudar o problema sexual de Garrido".

com Nancy para South Lake Tahoe, onde passaram quase três monótonos anos.

Em 10 de junho de 1991, o parecer do psicólogo de Phillips na prisão seria refutado. Naquela manhã, um homem chamado Carl Probyn assistiu com horror a sua enteada de 11 anos ser carregada para dentro de um carro cinza. Ele não estava sozinho – várias das amigas da menina testemunharam o rapto –, mas ainda assim ninguém conseguiu anotar a placa do veículo, que saiu acelerado.

A menina Jaycee Dugard, de repente, encontrou-se vivendo em barracas, galpões e sob lonas na parte de trás de uma casa no condado de Contra Costa. A propriedade pertencia à mãe de Phillip, que então estava sofrendo de demência. Por fim, ela seria enviada a um hospital de cuidados intensivos. Jaycee, é claro, permaneceu na propriedade, onde seria sujeita a abusos sexuais pelos próximos 18 anos por Phillip.

Ela deu à luz duas crianças de seu captor, duas filhas, nascidas em agosto de 1994 e novembro de 1997. Ambas viriam a descrever

Jaycee como uma irmã mais velha. Não é conhecido se elas sabiam da verdade.

O pesadelo da garota poderia ter terminado antes. Phillip caiu nos olhares vigilantes de seus vizinhos quando descobriram que ele era um conhecido maníaco sexual.

Em 2006, um dos vizinhos chamou a polícia para relatar que Phillip, um "psicótico viciado em sexo", tinha uma mulher e diversas crianças vivendo em barracas no seu quintal. Um xerife suplente que foi enviado para investigar entrevistou Phillip em sua varanda; ele nem olhou o quintal atrás da casa, nem verificou seus antecedentes.

Dois anos depois, a polícia estava novamente na propriedade de Phillip, acompanhada por bombeiros que foram chamados para apagar um incêndio.

Estranho e assustador

As ações dos agentes de segurança pública podem até ser consideradas negligentes ou preguiçosas, mas são pouco perto da inépcia mostrada pelo departamento de correção e reabilitação do estado da Califórnia. Em se tratando de um estuprador condenado, Phillip era constantemente visitado por empregados desse departamento: todas as visitas, tanto as agendadas quanto as de surpresa, ocorreram enquanto Jaycee estava no quintal. Em quase duas décadas, nenhum agente do departamento se preocupou em investigar a coleção de Phillip de barracas, lonas e depósitos.

As autoridades podem não ter pensado que Phillip fosse alguém suspeito, mas aqueles que o viam diariamente o achavam estranho e um pouco assustador. Pais da vizinhança diziam aos seus filhos para ficarem longe da casa dele. Phillip tinha uma gráfica chamada Printing for Less, mas seu comportamento garantia que os clientes não voltariam. Aqueles que fizeram negócios com ele eram sujeitos a ouvir bizarras divagações. Phillip, o autoproclamado "Homem que Falava com sua Mente", falava sobre como conseguia controlar sons com sua mente. Alguns clientes tiveram o privilégio de ver a máquina por meio da qual Phillip alegava conseguir se comunicar com Deus. Outros foram agraciados ouvindo as gravações de músicas em que Phillip falava sobre sua atração por garotas menores de idade.

Phillip tinha um blog chamado "Voices Revealed", por meio do qual ele tentava convencer as pessoas de sua relação especial com Deus. Esse canal acabou encorajando Phillip a escrever mais: em agosto de 2009, ele adentrou um escritório do FBI em São Francisco para entregar pessoalmente dois pesados tomos que escreveu: "As origens da esquizofrenia revelada" e "Caminhando em direção à luz". O último trata-se de uma história pessoal em que Phillip detalha como ele conseguiu triunfar sobre seus desejos sexuais violentos. Com a intenção de ajudar outros a também superar esse problema, Phillip aproximou-se de Lisa Campbell, uma coordenadora de eventos na Universidade da Califórnia, em Berkeley, para organizar palestras. Ele não estava sozinho quando fez a proposta: suas duas filhas estavam presentes escutando seu pai falar sobre seu passado pervertido e os estupros que havia cometido.

> Aqueles que fizeram negócios com Garrido eram sujeitos a ouvir bizarras divagações. Alguns clientes tiveram o privilégio de ver a máquina por meio da qual ele alegava conseguir se comunicar com Deus. Outros foram agraciados ouvindo as gravações de músicas em que Phillip falava sobre a sua atração por garotas menores de idade...

Foi o relatório de Campbell sobre o comportamento estranho de Phillip para o responsável pela condicional dele que pôs fim ao pesadelo vivido por Jaycee.

A hora da verdade

Quando confrontado em 26 de agosto de 2009, Phillip admitiu o sequestro de Jaycee e também disse que ele era o pai das filhas dela. Phillip e Nancy foram levados pela polícia.

Em 28 de abril de 2011, Phillip foi condenado pelo sequestro de Jaycee e por 13 acusações de estupro. Sentada próxima a seu marido, Nancy foi condenada por sequestro e por ter dado assistência à consumação de um estupro. No tribunal, os advogados de Phillip e

Nancy descreveram seus clientes como possuidores de almas boas. Depois de 1997, o ano em que ambos encontraram Deus, o casal se dedicou a Jaycee e às crianças – pelo menos foi isso que eles disseram.

Phillip esperava que sua confissão garantisse uma pena mais leve para Nancy. Se por um lado é questionável se ele alcançou seu

Nancy Garrido foi condenada por sequestro e por ter dado assistência à consumação de um estupro.

objetivo, é certo que a pena dada a Nancy não foi tão dura quanto a dele. Phillip foi condenado a 431 anos de prisão, enquanto que ela cumprirá 36 anos. Se ela viver uma vida longa, Nancy Garrido terá 90 anos quando sair da prisão.

A descoberta: Comportamento bizarro na Universidade da Califórnia, em Berkeley

Comportamento no tribunal: Quieto

Apelo de defesa: "Foi uma coisa nojenta que aconteceu comigo no começo, mas eu mudei minha vida completamente."

Pronunciamento da vítima: "Phillip Garrido, você está errado. Eu nunca pude dizer isso antes, mas agora tenho a liberdade. Tudo o que você me fez foi errado e espero que você perceba isso um dia."

Condenação: 431 anos

O Maníaco de Pologovsky

Nome: Serhiy Tkach

Data de nascimento: 12 de setembro de 1952

Profissão: Operário

Apelido: O Maníaco de Pologovsky

Condenações anteriores: Nenhuma (foi acusado de fraude)

Número de vítimas: 36 a mais de 100

Serhiy Tkach

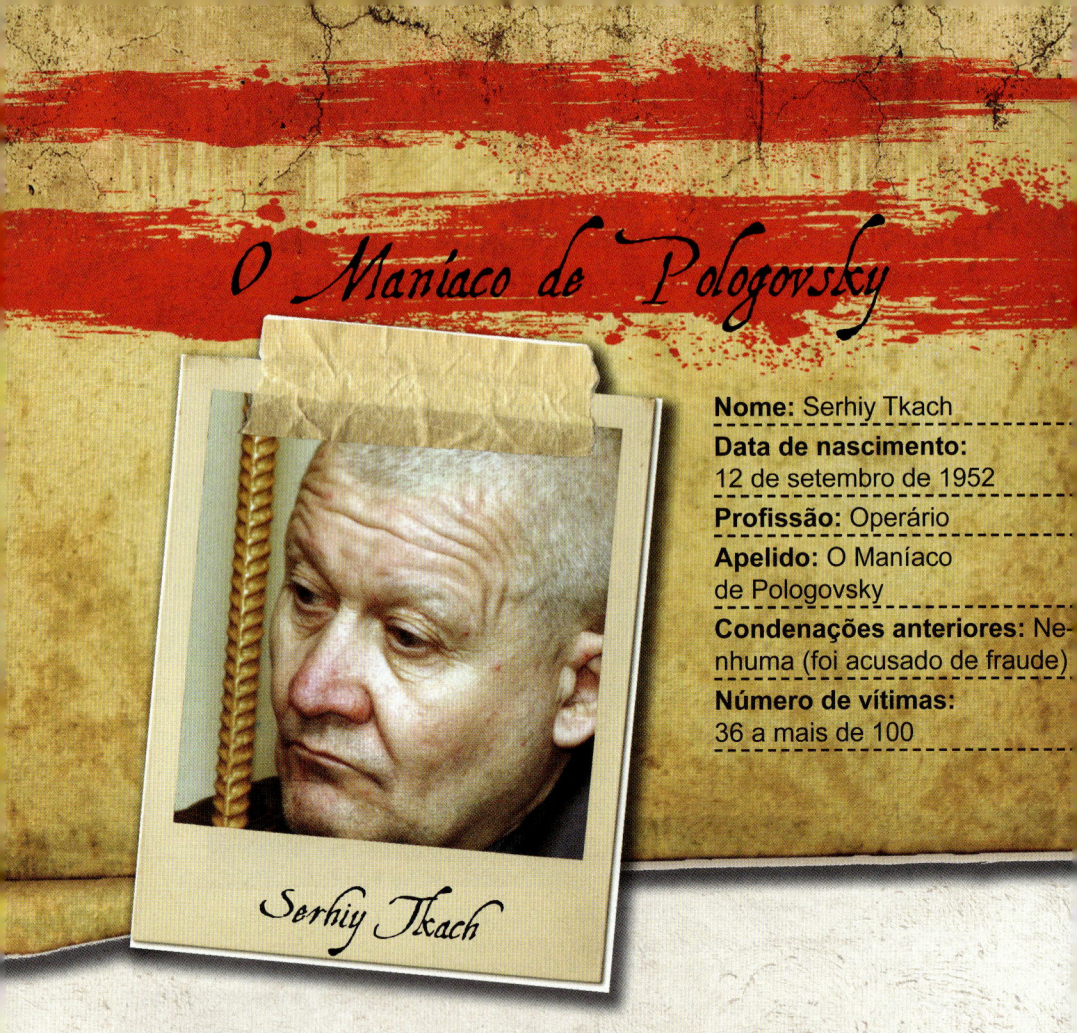

Um homem quieto e de pouca altura que evitava contato visual, Serhiy Tkach não se parecia muito com um assassino; ainda assim, por um quarto de século, ele matou uma vida atrás da outra. É possível que ele seja o *serial killer* mais prolífico da história da Ucrânia. Depois de ter sido pego, Tkach contava com entusiasmo a quem quisesse ouvir que tinha feito mais de cem vítimas, não em tom de confissão, mas de ostentação. Tkach tinha, e ainda tem, orgulho dos assassinatos que cometeu.

Serhiy Tkach nasceu em 12 de setembro de 1952 em Kiselyovsk, uma cidade russa que na época era parte da União Soviética. Apesar de ter sido bom em termos acadêmicos, ele não teve interesse pelo Ensino Superior. Depois de cumprir o serviço militar obrigatório, Tkach continuou seus estudos para se tornar um policial. Depois de se formar, ele virou um investigador criminal em Kemerovo, uma cidade industrial no centro da União Soviética. O que parecia ser uma longa carreira de sucesso como agente de segurança pública acabou abruptamente quando Tkach foi pego cometendo fraude. Ele só conseguiu se livrar da prisão por ter escrito sua própria carta de renúncia.

De acordo com Tkach, ele matou pela primeira vez em 1980, pouco tempo depois de sua saída desonrosa da polícia. Uma tarde agradável regada a muitas garrafas de vinho terminou de maneira horrenda quando o homem de 27 anos levou uma jovem para um matagal e a estrangulou. Estuprar, ele contou a um repórter, era a sua intenção; o assassinato só aconteceu porque ele temia que sua vítima pudesse fugir antes de ele estuprá-la.

A cidade de Kemerovo, onde Tkach trabalhou como investigador criminal antes de embarcar em sua insana matança.

No frio

Tkach nunca identificou essa mulher por seu nome, dizendo somente que ela era uma colega de escola com quem ele saía de vez em quando por nove anos. Ele disse também que durante todo esse tempo eles não tiveram relações sexuais. Tkach alega que, no dia da morte dela, ele recebeu um tapa por ter sugerido uma relação sexual entre eles.

"Você quer saber por que eu matei?", ele perguntou a um jornalista. "Meu principal motivo foi vingança!".

Depois de retornar à sua casa, Tkach ligou para a polícia para relatar seu crime, mas ficou irritado quando o policial do outro lado da linha recusou se identificar.

"Eu ia dizer a ele onde encontrar o corpo", Tkach disse a um investigador responsável pelo caso. "Eu ia ajudar meus ex-colegas, mas mudei de ideia."

Com a perda de sua posição respeitável na segurança pública, Tkach tornou-se um homem à deriva. O ex-investigador criminal trabalhou em minas, fazendas e fábricas, mudando-se de cidade em cidade e deixando uma trilha de cadáveres em seu caminho.

Tkach era tão calculista quanto meticuloso. Ele tinha sempre o cuidado de retirar as joias e a roupas de suas vítimas, e algumas dessas peças ele guardava para si como troféus. Tkach usava seu treinamento como policial para assegurar que nenhuma impressão digital ou traço de sêmen fosse deixado para trás. Para parecer que seus assassinatos tinham ocorrido em localidades distantes, ele deixava os corpos perto de rodovias e estradas de ferro.

O ex-policial Tkach usou seu conhecimento especializado para escapar por linhas férreas tratadas com alcatrão e desviar o odor dos cachorros farejadores da polícia.

É provável que a maioria dos assassinatos tenha ocorrido na Ucrânia. Ele matou nas cidades de Zaporizhia, Carcóvia e em Dnipropetrovsk, onde viveu seus últimos anos em liberdade.

Quase todas as vítimas conhecidas de Tkach tinham entre 9 e 17 anos, o que levou a dúvidas quanto à história de seu primeiro assassinato. A sua última vítima, de 9 anos, conhecida na mídia apenas pelo nome "Kate", era filha de um dos amigos de Tkach. A menina estava brincando com outras quatro crianças, em agosto de 2005, quando foi raptada. Tkach afogou a menina e, como fez com tantas outras vítimas, largou o corpo para ser encontrado.

Concentrar sua atenção em uma criança que ele conhecia e abduzi-la diante de seus amigos foi um ato particularmente negligente. Tkach forçou sua sorte ainda mais ao comparecer ao funeral da garota: ele foi imediatamente reconhecido por seus amigos. O ex-investigador criminal depois se arrependeria de não ter se preocupado em também matar as outras crianças.

Tkach foi rapidamente apelidado de "O Maníaco de Pologovsky" por causa da área de Dnipropetrovsk em que ele morava. As notícias de seus crimes chocaram seus vizinhos. Conhecido como um ex-investigador criminal, o assassino gozava de certo prestígio dentro daquela comunidade. Apesar de ser solitário e um homem de poucas palavras, essas qualidades apenas aumentaram a reputação de um homem muito inteligente. É verdade, Tkach casou-se duas vezes sem sucesso, mas ele aparentava ser um marido devotado à sua terceira esposa. Ao contrário de muitos homens da vizinhança, ele nunca havia dito uma palavra negativa sobre mulheres e, até onde todos sabiam, ele nunca levantou a mão para sua mulher e suas quatro crianças.

Sem remorso

Mais de dois anos se passaram antes de Tkach ser julgado. Muito desse atraso pode ser atribuído aos significativos desafios que os investigadores enfrentaram.

Não era que eles não tinham experiência em investigações sobre *serial killers* – na década anterior, Anatoly Onoprienko, "A Besta da Ucrânia", foi condenado por 52 assassinatos –, mas com Tkach o número de vítimas parecia ser muito maior. E mais, a matança do Maníaco de Pologovsky durou cinco vezes mais e se espalhou por vários quilômetros.

Havia também questões legais a serem resolvidas. Através das décadas, nove homens inocentes foram julgados e condenados por crimes que Tkach cometeu. Um dos condenados se suicidou na prisão.

Finalmente, havia também a questão sobre a sanidade de Tkach. Parecia impossível realmente acreditar que alguém em seu juízo mental normal poderia cometer tais atos horríveis. Entretanto, psiquiatras eram unânimes em sua opinião de que Tkach era um homem são. Apesar de ele consumir um litro de vodca antes de cada estupro e assassinato, todos estavam convencidos de que ele tinha total consciência dos crimes que estava cometendo.

> *Vinte e oito anos após seus primeiros assassinatos, ele conseguia lembrar detalhadamente de cada vítima e da maneira como as perseguiu.*

Mesmo antes de essa longa investigação estar em curso, Tkach começou a provocar a polícia. Quando foi preso, ele contou aos policiais que estava esperando por eles havia anos, dizendo que eles deveriam ter descoberto seus crimes muito antes.

Em entrevistas com a imprensa, Tkach caracterizou os que investigavam seu caso como preguiçosos. "A polícia nem se importou com a exumação dos corpos", ele disse, "eles preferem que eu escreva uma carta de confissão. Eu ri da cara deles por um bom tempo".

Quando finalmente começou o julgamento, ele durou quase o ano de 2008 inteiro.

Falando de uma cela dentro da corte, Tkach demonstrou que as lembranças que tinha de suas vítimas estavam frescas. Vinte e oito anos após seus primeiros assassinatos, ele conseguia lembrar detalhadamente de cada vítima e da maneira como as perseguiu.

Tkach não expressou qualquer remorso – nem sobre suas vítimas nem sobre os que foram condenados em seu lugar. Ele defendeu suas ações alegando que os assassinatos foram cometidos por nenhum motivo senão para expor a polícia enquanto um grupo de incompetentes estabanados. Ainda assim, ele se descrevia frequentemente como uma besta, uma criatura que não só merecia, mas desejava a pena de morte.

No final das contas, Tkach ficaria decepcionado por não ter um fim rápido para sua vida. Tendo em vista que a Ucrânia aboliu a pena capital, Tkach foi condenado à prisão perpétua pelos assassinatos de 36 das mais de cem meninas e mulheres que ele alega ter matado. "Ninguém conseguiu determinar os motivos de suas ações", declarou o juiz Serhiy Voloshko depois de anunciar seu veredito.

No Natal de 2008, foi iniciado o primeiro dia de sua condenação, mas para Tkach essa data nada significou: "Eu não acredito em Deus ou no Diabo", ele disse. Talvez não, mas para muitos as suas ações foram claros indícios da existência do último.

Padrão de crimes: Meticuloso ao remover provas dos cadáveres

A descoberta: Reconhecido no funeral de sua última vítima

Comportamento no tribunal: Insolente

Afirmação de defesa: "Eu me vinguei dos policiais, porque eles não trabalham – eles nunca trabalham!"

Condenação: Prisão perpétua sem liberdade condicional

O Estuprador do Lado Oeste

Nome: John Thomas Jr.
Data de nascimento: 26 de junho de 1936
Profissão: Analista de apólices de seguro
Apelido: O Estuprador do Lado Oeste
Condenações anteriores: Estupro, tentativa de estupro e assalto
Número de vítimas: 7 a 30

Com o assassinato de Elizabeth Short (a Dália Negra), os assassinatos cometidos por Charles Manson e as mortes de Nicole Brown e Ron Goldman, Los Angeles é o local de muitos dos crimes mais bizarros e sangrentos do século XX. A cidade também foi lar de diversos *serial killers*, incluindo o "Estrangulador da Encosta" – na verdade dois primos –, que na década de 1970 aterrorizou moradores por estuprar, torturar e matar um total de 12 meninas e mulheres. Seus crimes sobrepuseram-se aos de outro *serial killer*, uma figura misteriosa que por décadas foi conhecida somente como "O Estuprador do Lado Oeste".

Ele também torturava, estuprava e matava, mas, ao contrário dos homens por trás dos assassinatos do Estrangulador da Encosta, seus crimes não terminaram com sua prisão. Em 1978, o Estuprador do Lado Oeste parecia ter desaparecido, e as autoridades acreditaram que o homem responsável por esses crimes tinha morrido ou sido encarcerado.

Um menininho perdido

Mais de três décadas se passaram, durante as quais o nome e os crimes foram desaparecendo da consciência da opinião pública. Daí, em 31 de março de 2009, as palavras "Estuprador do Lado Oeste" retornaram de maneira súbita e inesperada às manchetes de jornal com a prisão de John Floyd Thomas Jr., um amigável analista de apólices de seguro de 72 anos.

Thomas estava vivendo em Los Angeles, como na maior parte de sua vida. Ele nasceu nessa cidade em 26 de junho de 1936, filho de um pai ausente, e havia pouco em sua infância que fosse cobiçável. Nem mesmo a morte de sua mãe, quando ele tinha apenas 12 anos, trouxe o homem que lhe deu seu nome de volta. Em vez disso, Thomas estava constantemente indo e voltando da casa de sua tia

> Em apenas alguns anos, Thomas embarcaria em um caminho que o tornaria o mais prolífico serial killer da história de Los Angeles.

Thomas se juntou à força aérea e foi alocado na Base da Força Aérea de Nellis, Nevada.

para a de sua madrinha. Um aluno medíocre na escola, ele conseguiu se formar no Ensino Médio e se alistou na Força Aérea Americana em 1956.

Thomas acabou sendo alocado na Base da Força Aérea de Nellis, próximo a Las Vegas, Nevada. Localizada a pouco mais de 400 quilômetros de Los Angeles, esse seria o local mais longe que ele iria durante sua vida.

Durante o breve tempo em que serviu como militar, ele provou ser qualquer coisa menos apto para o serviço na força aérea. Em 1957, o ano seguinte ao seu alistamento, o nativo de Los Angeles recebeu uma exoneração desonrosa.

Sua dispensa não teve a ver com o conteúdo de sua ficha – Thomas era frequentemente criticado por ser relaxado e estar sempre atrasado –, mas sim por um assalto e uma tentativa de estupro que ele cometeu em sua cidade natal. Quando tinha 21 anos, Thomas adentrou o sistema penal pelo que deveria ter sido uma pena de seis anos. Entretanto, com mau comportamento e violações de duas condicionais, foi só em 1966 que ele foi libertado da prisão.

Agora com 30 anos e finalmente um homem livre, Thomas entrou para a força de trabalho pela primeira vez. Ele teve uma variedade de empregos, como funcionário de um hospital, vendedor de eletrônicos e, inacreditavelmente, assistente social.

Elizabeth McKeown, 67 anos, foi assassinada por Thomas na região de Westchester.

Em apenas alguns anos, Thomas embarcaria em um caminho que o tornaria o mais prolífico *serial killer* da história de Los Angeles. Um homem negro, ele atacava exclusivamente mulheres brancas entre 50 e 90 anos, na maioria viúvas que moravam sozinhas. Como outros *serial killers*, ele desenvolveu uma rotina: Thomas começava estuprando, depois usava suas mãos em uma tentativa de, literalmente, espremer a vida de cada vítima. Depois de terminar, ele costumava cobrir a cara da vítima com um travesseiro ou cobertor. Aparentemente Thomas não percebia que algumas das mulheres que atacou não haviam morrido, e sim desmaiado em virtude da falta de oxigênio. Pelo menos 20 mulheres sobreviveram a seus ataques, apesar de nenhuma delas ter sido capaz de identificar o autor do ataque.

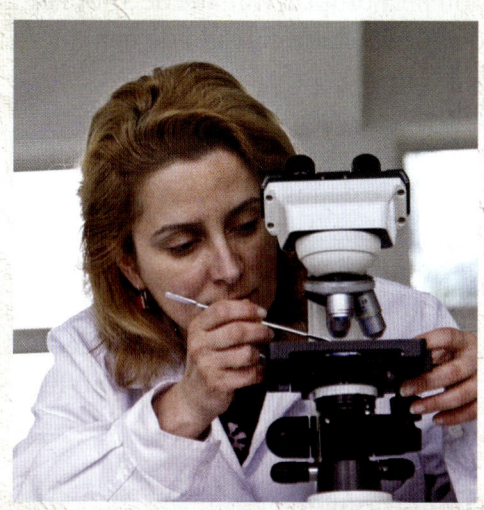

Demorou, mas a unidade especial de investigação de homicídios do Departamento de Polícia de Los Angeles finalmente achou o seu homem.

Assim como o Estrangulador da Encosta, o Estuprador do Lado Oeste também se tornou foco da atenção policial. Uma unidade de investigação especial se dedicou exclusivamente à sua captura. Uma ação conjunta foi feita para informar o público do perigo, mas ainda assim estupros e assassinatos continuaram ocorrendo.

O reino de terror atribuído ao Estuprador do Lado Oeste terminou em 1978, quando Thomas foi julgado e condenado por estupro. Ele só foi pego depois de vizinhos alertas de uma vítima terem anotado a placa de seu carro enquanto ele fugia da cena do crime. Thomas foi condenado a cinco anos de prisão. Pouco depois de sua soltura, ele cometeu ao menos mais cinco estupros e assassinatos de mulheres idosas em Claremont, enquanto trabalhava como orientador psicológico de um hospital.

Curiosamente, a despeito dos recursos alocados para a captura do Estuprador do Lado Oeste – além das similaridades mais óbvias –, o Departamento de Polícia de Los Angeles nunca relacionou essas duas sequências de crimes.

Ao contrário da primeira, a segunda sequência de estupros e assassinatos aparentemente terminou pela própria vontade de Thomas. Depois de 1988, não há provas de que ele fosse culpado de qualquer crime antes de ele ser novamente preso.

Thomas poderia ter escapado dos braços da Justiça completamente, se não fossem os avanços na pesquisa com DNA. Aproveitando a vantagem dos crescentes bancos de dados estaduais e federais, em 2001 o Departamento de Polícia de Los Angeles criou uma unidade especial de investigação de homicídios que focava exclusivamente nos assassinatos cometidos na cidade nas últimas quatro décadas, incluindo os assassinatos do Estuprador do Lado Oeste.

> Thomas estuprou, agrediu e estrangulou a duas vezes viúva e avó de 80 anos pouco após ela ter retornado de sua aula de canto no coral da igreja.

Imperdoável

O DNA de Thomas só foi colocado nos bancos de dados após sete anos, quando ele teve que prover amostras como parte de um esforço para catalogar todos os estupradores.

A primeira combinação que foi descoberta pelos investigadores ligava Thomas a Ethel Sokoloff e Elizabeth McKeown, ambas as quais foram estupradas e assassinadas na década de 1970. Outras combinações vieram rapidamente: enquanto ele aguardava pelo julgamento, mais cinco acusações foram adicionadas, incluindo o assassinato e estupro da gentil e piedosa senhora Maybelle Hudson.

Em abril de 1976, Thomas estuprou, agrediu e estrangulou a duas vezes viúva e avó de 80 anos, pouco após ela ter retornado de sua aula de canto no coral da igreja.

Thomas nunca foi julgado por todos os seus crimes. Em 2 de abril de 2011, como parte de um acordo para evitar a pena de morte, ele alegou ser culpado de estupro e assassinato de sete mulheres. O Estuprador do Lado Oeste recebeu sete condenações à prisão perpétua sem possibilidade de liberdade condicional, permanecendo suspeito em outros 15 assassinatos.

O sobrinho de Maybelle Hudson, Bob Kistner, um policial, falou sobre Thomas: "Eu conhecia minha tia, uma boa cristã que era, esperaria que a alma dele fosse salva e perdoada. Eu venho do lado da lei – e confesso que não poderia perdoar tão facilmente assim".

Padrão de crimes: Vítimas eram invariavelmente mulheres brancas, de meia-idade ou mais, que moravam sozinhas

A descoberta: Amostras de DNA coletadas

Declaração do impacto nas vítimas: "Ela era amada – sua vida significava muito para muitas pessoas –, e esse homem apareceu, perseguiu-a e a fez sua vítima." Tracey Michaels, sobrinha-neta de Elizabeth McKeown

Condenação: Sete condenações à prisão perpétua consecutivas sem liberdade condicional

O Matador com Fetiche por Sapatos

Nome: Jerry Brudos
Data de nascimento: 31 de janeiro de 1939
Profissão: Técnico em eletrônicos
Classificação: Brudos foi diagnosticado esquizofrênico e passou por diversos hospitais psiquiátricos durante sua adolescência
Condenações anteriores: Quando tinha 17 anos, Brudos foi enviado para a ala psiquiátrica do Hospital Estadual do Oregon depois de confessar ter mantido uma garota ameaçando-a com uma faca em um buraco que ele cavou para aprisionar "escravas sexuais"
Número de vítimas: 4

Jerry Brudos

Durante a maior parte dos 67 anos de sua vida, Jerome Henry Brudos era conhecido simplesmente como "Jerry", mas ele ficaria famoso como "O Matador com Fetiche por Sapatos" e "O Matador Ávido". Nenhum desses títulos pode descrever o que ele era – seu fetiche ia muito além de calçados. E mais, esses dois apelidos sugerem que os crimes de Jerry não iam além de assassinato, quando na verdade ele era um torturador e um estuprador, que tinha atração por necrofilia.

Brudos nasceu em 31 de janeiro de 1939, na pequena cidade de Webster, Dakota do Sul. Eram tempos difíceis para sua família, por terem passado pelo período da Grande Depressão por quase uma década. Não muito tempo depois do nascimento do novo bebê, eles desistiram de sua fazenda e se mudaram para o Oregon, apesar de a mudança não ter trazido a estabilidade financeira que eles alme-

Uma das casas em que Brudos passou a infância – a família progrediu, mas ele sentia a decepção de sua mãe.

javam. O pai de Jerry, Henry, tinha uma dupla jornada de trabalho, tendo pouco tempo para passar com a família.

Quando não estava na escola, Jerry costumava ficar com sua autoritária e severa mãe, Eileen. Isso pode parecer incomum, mas a mãe de Jerry não gostava dele. Ela preferia muito mais o filho mais velho, Larry, que ela elogiava constantemente.

Seu ressentimento para com Jerry pode ser traçado desde o nascimento dele. Como mãe de três filhos, ela desesperadamente queria que seu quarto filho fosse uma menina, mas, em vez disso, veio Jerry. Ele cresceu achando que sua mãe não estava satisfeita com seu gênero.

A decepção de Eileen com o sexo de Jerry pode explicar um incidente curioso ocorrido na sua infância. Quando tinha 5 anos, ele encontrou um elegante par de sapatos de salto alto em um depósito de lixo. Ele começou a calçá-los secretamente em casa, mas sua mãe logo viu o que ele estava fazendo. Ela ficou enfurecida e insistiu para que ele se livrasse deles. Quando ela descobriu que Jerry não havia atendido seu pedido, encharcou os sapatos de gasolina e ateou fogo, enquanto Jerry era forçado a vê-los queimar.

Qualquer que tenha sido a intenção de Eileen, é provável que com isso ela só tenha intensificado o interesse de seu filho por calçados femininos. Em suma, era a atração pelo proibido. Não muito depois disso, Jerry foi pego tentando roubar os sapatos da professora de sua creche.

Em 1955, as dificuldades da Grande Depressão já pareciam distantes. A família Brudos tinha se mudado para uma adorável casa de classe média em um agradável bairro.

Agora com 16 anos, Jerry tinha como vizinhos um casal com três filhas adolescentes. Ele não só as espiava das janelas de sua casa, como também começou a roubar peças íntimas delas do varal.

> *Jerry bateu em uma garota por ela não ter tirado suas roupas. A polícia foi chamada e a coleção de sapatos de Jerry foi encontrada junto com peças íntimas roubadas e as fotos de sua vizinha nua.*

Depois de esse furto ter sido registrado na polícia, Jerry viu uma oportunidade para aprofundar seu crescente e incomum desejo pelo feminino. Ele começou convencendo uma das adolescentes que ele estava trabalhando na investigação com a polícia e a convidou para vir à sua casa para que discutissem o caso. Quando ela apareceu, Jerry, após recebê-la, pediu licença e saiu da sala. Quando voltou, estava usando uma máscara: ele colocou uma faca na garganta dela e forçou-a a tirar as roupas.

Com as roupas no chão, Jerry tirou diversas fotos antes de sair novamente. Ele retornou quando sua vizinha estava prestes a escapar: antes de ela conseguir, ele explicou que um homem mascarado o tinha rendido e trancado em outra sala. Foi uma resposta ousada, porém ridícula, mas ainda assim a garota não contou a ninguém sobre essa experiência terrível e bizarra.

Fantasias doentes

Pouco depois disso, um animado Jerry bateu em uma garota por ela não ter tirado suas roupas, mas ele foi interrompido por um casal de idade que, por sorte, tinha saído para caminhar. A polícia foi chamada, uma ocorrência foi registrada e uma investigação foi iniciada. Em pouco tempo a coleção de sapatos de Jerry foi encontrada junto com peças íntimas roubadas e as fotos que ele tinha tirado de sua vizinha nua.

Jerry foi enviado para a ala psiquiátrica do Hospital Estadual do Oregon, onde ele relatou suas fantasias aos psiquiatras. Uma delas envolvia uma prisão subterrânea onde ele imaginava poder manter garotas prisioneiras. Dessa maneira, ele poderia ter a garota que quisesse, quando quisesse.

Os psiquiatras não estavam preocupados com o que estavam ouvindo, por acreditarem que os desejos sexuais sombrios de Jerry passariam com a adolescência. Os mesmos psiquiatras determinaram que Jerry tinha esquizofrenia limítrofe, ainda assim, após nove meses Jerry foi liberado do hospital. Diversos exames revelaram que Jerry era uma pessoa inteligente, mas que não tinha motivação e autodisciplina. Quando ele se formou no Ensino Médio, suas notas o colocaram próximo dos piores alunos de seu ano.

Jerry nem pensou em ir para a universidade. Em vez disso, procurou, mas não conseguiu encontrar um emprego.

Pedidos incomuns

Tendo chegado a um impasse, ele decidiu voltar-se para uma carreira militar, mas acabou sendo um recruta indesejável e prontamente dispensado depois de ter dividido suas fantasias sexuais com um psiquiatra do exército. Forçado a voltar para casa, ele retornou aos seus antigos hábitos: ele não só roubava sapatos e peças íntimas, como também atacava mulheres. Na tentativa de ir um passo além, ele tentou sequestrar uma jovem, mas quando ela perdeu a consciência ele só roubou seus sapatos.

Em 1961, Jerry tinha se tornado um técnico em eletrônicos. Enquanto trabalhava em uma estação de rádio local, ele começou um relacionamento com uma bela garota chamada Ralphene. Ela, de 17 anos, gostava da ideia de namorar um homem cinco anos mais velho. Com 23 anos, Jerry finalmente tinha perdido sua virgindade, e pouco tempo depois Ralphene ficou grávida. Ainda que com a relutância dos pais dela, eles se casaram.

Linda Slawson estava tentando custear seus estudos vendendo enciclopédias de porta em porta.

A cerimônia aconteceu na primavera de 1962, mas não houve lua de mel. Ralphene em pouco tempo descobriu que seu marido era muito controlador.

E mais, seus pedidos eram bastante únicos: Jerry insistia para que sua noiva fizesse as tarefas domésticas nua, com exceção de um par de sapatos de salto alto, é claro. Jerry também proibiu Ralphene de entrar em seu porão. Sem que sua esposa soubesse, ele imprimia fotografias de Ralphene usando as peças femininas que ele roubou durante anos.

Ralphene era jovem e inexperiente quando os dois se casaram, então ela cumpria os pedidos pouco comuns de seu marido. À medida que o tempo passou, ela ficou mais confiante e não quis mais que seu marido a fotografasse, nem vestia mais as peças íntimas que ele lhe dava: as tarefas domésticas eram feitas por ela totalmente coberta. Agora, ela era uma mãe, e tinha outra criança a caminho. Neste ponto em que Ralphene não era mais a válvula de escape das fantasias sexuais dele, Jerry tornou-se mais introspectivo. Ele começou a usar as peças íntimas que tinha roubado diariamente, sob suas roupas de trabalho.

Em uma noite, pouco depois do nascimento de seu segundo filho, ocorreu uma escalada significativa nos eventos: por acaso Jerry viu uma jovem muito atraente caminhando por uma rua em Portland. Ele a seguiu até seu apartamento e ficou parado olhando para a janela do apartamento dela. As horas passaram, mas ele ficou parado até ter certeza que sua vítima tinha dormido. Ele então invadiu o apartamento, e ela acordou enquanto ele roubava suas peças íntimas; então ele a estuprou.

Frustrado pelas negativas de Ralphene em participar de suas fantasias sexuais, Jerry tirava fotos dele mesmo usando roupas femininas e as deixava pela casa, e quando eram ignoradas, ele retornava ao porão. Jerry já tinha cometido estupro, mas suas fantasias sexuais estavam prestes a se manifestar de maneira ainda mais violenta.

Em 26 de janeiro de 1968, ele cometeu seu primeiro assassinato. Sua vítima, Linda Slawson, de 19 anos, estava tentando custear seus estudos vendendo enciclopédias de porta em porta.

Quando ela se aproximou de Jerry no jardim, ele parecia entusiasmado, então ela o seguiu até o porão para continuar sua venda. Uma vez dentro do porão, ela foi atingida na cabeça e estrangulada.

No momento em que ele percebeu que ela estava morta, voltou à casa, pegou algumas notas de dinheiro e mandou sua família comer em um restaurante. Quando sua família saiu, ele colocou em prática suas fantasias com o cadáver dela. Mas ele não parou quando sua mulher e filhos retornaram – na verdade, ele continuou suas atividades por diversos dias.

Ele então mergulhou em sua coleção de sapatos e peças íntimas roubadas para vestir o corpo de Linda com salto alto e *lingerie*. Várias fotos foram tiradas, as peças substituídas por outras, e o ciclo se repetiria. Jerry também teve relações sexuais com o corpo de Linda; depois de alguns dias de atividade esgotante, ele levou o corpo ao Rio Willamette e o jogou de uma ponte. Antes de fazer isso, ele cortou um dos pés de Linda com um arco de serra e o colocou no freezer do porão. De tempo em tempo, ele colocava um sapato no pé cortado e masturbava-se. Quando o pé estava quase podre, Brudos o jogou no rio junto do resto do corpo.

Jerry não matou de novo por vários meses. Nesse período, ele se mudou com a família para Salem, a capital do estado do Oregon. A nova casa dos Brudos não chamava atenção, mas tinha uma característica que despertou o interesse do chefe de família – uma garagem separada da casa. Localizada em uma estrada estreita, essa estrutura serviria como uma nova oficina para Jerry e seria muito mais íntima do que o porão.

Pendurada em um gancho

Na noite de 26 de novembro de 1968, Jerry raptou Jan Whitney, sua segunda vítima de assassinato. Sua família não havia se estabelecido na cidade há muito tempo quando Jerry a encontrou na estrada interestadual 5 (I-5) com o carro quebrado. Jerry disse que o veículo podia ser consertado, mas que primeiro precisava pegar ferramentas em casa, e Jan foi com Jerry à sua casa em Salem. Lá, Jerry a estrangulou e estuprou no banco de passageiro do carro de sua família.

Nos próximos cinco dias, o corpo de Jan ficou pendurado por um gancho de carne na garagem de Jerry. Ele vestia o cadáver, tirava fotos e cometia atos de necrofilia, como antes. Daí, ele viajou para passar o Dia de Ação de Graças com sua família.

Enquanto os Brudos estavam viajando, um acidente esquisito por pouco não expôs o corpo pendurado de Jan e a vida íntima de Jerry. Um carro fora de controle bateu em sua garagem com tamanha força que fez uma rachadura considerável na estrutura de madeira, o que trouxe diversos policiais à cena. Se eles tivessem tido a curiosidade de verificar o muro que fora abalado, eles poderiam ter visto o corpo pendurado de Jan Whitney.

> *Vestido com roupas femininas, ele passava o tempo no estacionamento de uma loja de departamentos em Salem, e, em 27 de março, raptou sua próxima vítima, Karen Sprinker, de 19 anos.*

Essa escapada por muito pouco tornou Jerry mais confiante: ele pensava ser tão esperto que poderia fazer o que quisesse sem ser pego. Poucos dias após seu retorno, Jerry dispensou o corpo de Jan no Rio Willamette. Antes de fazê-lo, ele cortou o seio direito dela, com a intenção de usá-lo como molde para fazer pesos de papel, o que seria uma iniciativa frustrada.

O trabalho de Linda Slawson a levou a Jerry, o assassinato de Jan Whitney foi resultado de um encontro por acaso – mas agora Jerry estava pronto para caçar suas vítimas. Vestido com roupas femininas, ele passava o tempo no estacionamento de uma loja de departamentos em Salem, e, em 27 de março de 1969, raptou sua próxima vítima, Karen Sprinker, de 19 anos. Ele não a matou imediatamente; em vez disso, forçou-a a vestir vários modelos da coleção de roupas femininas dele. Quando ele se cansou disso, colocou uma forca em volta do pescoço dela, suspendeu-a alguns centímetros do chão e saiu da garagem para jantar com sua família. Quando ele voltou, Karen estava

O Rio Willamette, onde Brudos jogou os corpos de Linda Slawson e Jan Whitney.

morta. Ele cortou os seus dois seios em uma nova tentativa de fazer pesos de papel e a jogou no Rio Long Tom.

Menos de um mês depois, Jerry estava caçando uma nova vítima. Em 21 de abril, ele atacou outra jovem, Sharon Wood, em um estacionamento. Houve uma luta, Sharon mordeu o dedão de Jerry e ele correu. Alguns dias depois, ele tentou mais uma vez, e escolheu um alvo mais novo: enquanto Gloria Smith, 12 anos, andava para a escola, ele apareceu com uma arma de brinquedo e tentou levar a garota ao seu carro. Felizmente Gloria foi mais esperta, e correu em direção a uma mulher que trabalhava em um jardim.

Distintivo policial falso

Jerry achava-se tão esperto, mas a essa altura já tinha fracassado duas vezes, sendo que em uma delas foi enganado por uma menina. Era claro que ele precisaria de mais do que uma arma de brinquedo para que seus raptos tivessem sucesso: então ele comprou um distintivo policial falso, que usou para raptar Linda Salee, sua última vítima. Ele a seguiu no estacionamento de um shopping de Portland e a acusou de furto. Depois de cumprir docilmente suas ordens, Linda foi levada por ele para sua garagem em Salem, onde ele a amarrou. Jerry então foi jantar com sua família. Quando retornou, foi surpreendido, porque ela havia se livrado das amarras. A jovem estava livre, mas ainda não tinha fugido, então Jerry a amarrou mais uma vez, suspendendo-a até o teto. Depois de tirar suas roupas e fotografá-la, ele a enforcou.

Linda foi a quarta vítima de assassinato de Jerry, mas a polícia não tinha sido capaz de conectar os crimes. Na verdade, a polícia nem sabia que as mulheres estavam mortas. Jerry poderia ter matado por mais algum tempo se não fosse pela descoberta de um pescador.

Em 10 de maio de 1969, aproximadamente um mês depois do assassinato de Linda, um pescador viu seu corpo boiando no Rio Long Tom. Dois dias depois, mergulhadores da polícia descobriram os restos mortais de Karen Sprinker. Seus restos estavam a poucos metros do cadáver de Linda.

Jerry Brudos é conduzido para o tribunal por policiais – quando foi preso, ele vestia peças íntimas femininas.

Jerry não se preocupou quando as notícias vieram à tona, pois estava confiante de que nada poderia ligá-lo aos corpos.

Ele estava enganado

Quando Jerry amarrava as mulheres, ele usava um nó único, que era constantemente usado por eletricistas quando puxavam fios pelas casas: esse nó ligaria Jerry aos assassinatos.

A polícia então visitou o campus da Universidade Estadual do Oregon, onde Karen Sprinker era estudante. Lá, foram contadas histórias sobre um homem misterioso que tinha sido visto pelo campus. Uma jovem havia até saído com ele uma vez.

Quando ele ligou novamente, a polícia já estava esperando. Era Jerry Brudos: uma verificação de sua ficha revelou sua profissão e seu histórico de ataques a adolescentes, então os detetives fizeram uma visita à sua casa.

Eles notaram um pedaço de corda na garagem de Jerry, e era idêntica à corda usada para amarrar os dois corpos encontrados no Rio Long Tom. Reconhecendo as intenções dos investigadores, o ousado Jerry ofereceu a eles uma amostra da corda, o que mais tarde provaria ser uma combinação perfeita.

O cerco se fecha

Jerry podia perceber que o cerco policial estava se fechando, então em 30 de maio ele viajou para a fronteira com o Canadá, acompanhado de sua mulher. O casal foi visto pela Polícia Estadual do Oregon, que o prendeu pela acusação de agressão à mão armada contra Gloria Smith, 12 anos. Sob custódia da polícia, ele tornou-se bastante falante, provendo detalhes dos assassinatos que cometeu. Ao mesmo tempo, não demonstrou remorso, tendo dito a um detetive que as mulheres das quais abusou e matou não eram nada além de objetos para ele. Além disso, ele as comparou a uma embalagem de doces.

Sinais de perigo: Achava catálogos de calçados femininos excitantes; fez sua esposa andar pelada em casa; vestia roupas íntimas femininas

Padrão de crimes: Perseguia mulheres quando adolescente, atacava-as e roubava seus sapatos, tornou-se mais e mais violento e calculista

A descoberta: A polícia encontrou fotos de suas vítimas usando peças íntimas da coleção dele; pedaços de corpos estavam armazenados em sua casa

Condenação: Pena de morte (mas ele morreu de causas naturais)

"Uma vez terminado com elas, você as descarta. Por que não as descartaria? Não há mais uso para elas."

Em 27 de junho, Jerry foi condenado por todas as acusações que foram feitas contra ele. Ele recebeu três sentenças de prisão perpétua, somando pelo menos 36 anos na prisão. Jerry era elegível à liberdade condicional em 2005, mas à medida que os anos passavam e a data de sua soltura se aproximava, ficava claro que ele nunca mais seria um homem livre.

Ele morreu de câncer de fígado em 29 de março de 2006, com 67 anos.

O Comunista à Espreita

Nome: Andrei Chikatilo

Data de nascimento: 16 de outubro de 1936

Profissão: Empregado de uma empresa de transportes

Criação: Nascido durante um período de grande fome; foi dito a ele que seu irmão tinha sido comido por vizinhos insaciáveis; incontinência urinária crônica durante o sono

Descrição: Ao nascer, sua cabeça ficou deformada por causa de uma hidrocefalia; ele se referia a si mesmo como "uma aberração da natureza"

Condenações anteriores: Sua carreira como professor foi deteriorada por acusações de molestar alunos de ambos os se[xos]

Número de vítimas: Pelo menos 52

Andrei Chikatilo

Mesmo com a União Soviética retirando-se para a história, há algo quase surreal em agrupar as palavras "*serial killer* soviético", uma vez que esse fenômeno é mais comumente visto como um sintoma das sociedades ocidentais. É incrível pensar que um *serial killer* da União Soviética foi mais prolífico e talvez mais sádico que qualquer um dos seus equivalentes ocidentais. Acredita-se que Andrei Chikatilo tenha estuprado e matado ao menos 52 pessoas de ambos os sexos. Ele mutilou seus corpos, frequentemente em formas que lembram de Jack, o Estripador.

Andrei Romanovich Chikatilo nasceu em 16 de outubro de 1936 em Yablochnoye, uma vila localizada na atual Ucrânia. Quando criança, ele sofreu terrivelmente, crescendo sob as consequências da Grande Fome da Ucrânia (1932-1933). Sua mãe lhe contava que ele tinha tido um irmão mais velho, Stepan, que foi sequestrado e comido por vizinhos esfomeados.

Chikatilo nasceu depois da Grande Fome da Ucrânia nos anos 1930.

Ainda assim, não há evidência que documente a existência desse irmão.

Depois da entrada da União Soviética na Segunda Guerra Mundial, quando ele tinha 4 anos, seu pai foi para os combates e Chikatilo ficou com sua mãe, dividindo a cama com ela toda noite. Um incontinente urinário crônico, ele apanhava cada vez que molhava a cama. À medida que a guerra progredia, ele testemunhava a ocupação nazista e a devastação causada pelos bombardeios alemães. Corpos, uma visão relativamente comum, eram coisas que ele achava ao mesmo tempo assustadoras e empolgantes.

O fim da guerra trouxe pouca felicidade ao lar dos Chikatilo. O pai dele, que passou a maior parte da guerra como prisioneiro, foi transferido para uma colônia penal russa.

O estranho

Desajeitado e excessivamente sensível, Chikatilo retirava-se do convívio com outras crianças. Ele era visto como um bom estudante, mas não conseguiu entrar na Universidade de Moscou. Em 1960, depois de concluir o serviço militar obrigatório, ele arranjou um emprego como engenheiro, trabalhando com telefones. Foi durante esse período que Chikatilo, agora com 23 anos, tentou seu primeiro relacionamento com uma mulher. Ele foi incapaz de realizar o ato sexual, uma humilhação que foi contada por ela aos seus conhecidos. Em consequência disso, ele desenvolveu fantasias elaboradas de vingança, em que ele capturaria a mulher e a rasgaria.

Chikatilo se casou em 1963 com a ajuda de sua irmã mais nova, que o apresentou a uma amiga. Ainda que sofresse de impotência crônica, ele teve um casal de filhos.

Mais tarde, descobriu-se que ele tinha sofrido danos cerebrais ao nascer, o que afetou sua habilidade de controlar sua bexiga e suas ejaculações.

Em 1971, depois de obter por correspondência um diploma em literatura russa, ele conseguiu um trabalho de professor em uma escola local. Apesar de ser um mau professor, Chikatilo continuou na profissão por mais uma década, depois de escapar de acusações de molestar estudantes.

Em um mundo onde a censura mandava, rumores rapidamente espalharam que o assassino se tratava de um lobisomem.

Em 1978, tendo aceitado uma nova posição de professor, Chikatilo mudou-se para Shakhty. Morando sozinho, e esperando enquanto sua família se mudasse, ele começou a fantasiar sexualmente com crianças nuas. Chikatilo comprou uma choupana próxima de uma rua menor, de onde ele podia observar crianças brincando, enquanto ele satisfazia seus desejos sozinho. Três dias antes do Natal, ele atraiu uma criança de 9 anos, Yelena Zabotnova, para sua choupana. Ele tinha a intenção de estuprar a menina, mas não conseguiu uma ereção. Ele então pegou uma faca e esfaqueou a menina, enquanto ejaculava. Depois descartou o corpo da menina no Rio Grushovka. Chikatilo era um suspeito do crime; diversas testemunhas o tinham visto com a menina e sangue foi descoberto na entrada de sua casa. Entretanto, outro homem, Alexsandr Kravchenko, confessou o assassinato sob tortura e foi executado.

A sorte de Chikatilo não o acompanhou para sua nova escola. Em 1981, ele foi dispensado por molestar meninos no dormitório da escola. Sendo membro do partido comunista, foi dada a ele uma posição de encarregado de suprimentos em uma fábrica local.

Apesar de ele não ter matado de novo até o dia 3 de setembro de 1981, com o assassinato de Larisa Tkachenko, Chikatilo começou uma série de assassinatos que durou até o mês de sua captura, 12 anos depois.

Chikatilo mais comumente atacava as mulheres fugitivas e prostitutas, que ele encontrava em estações de ônibus e trem. Ele atraía suas vítimas com promessas de cigarros, álcool ou dinheiro, levando-as para as florestas mais próximas. O corpo de uma mulher fugitiva, em 1981, é uma cena horrenda e típica que Chikatilo deixava para trás. Coberta por um jornal, ela estava sem seus órgãos sexuais; um seio estava sangrando do corte de um mamilo. Chikatilo depois admitiu que ele o tinha mordido e engolido, o que causou nele uma ejaculação involuntária.

Suas vítimas do sexo masculino, todas com idade entre 8 e 16 anos, foram tratadas de maneira diferente. Era a fantasia de Chikatilo mantê-los prisioneiros por algum crime obscuro.

Ele então os torturava, enquanto fantasiava ser um herói por agir de tal maneira. Chikatilo não dava explicação de por que ele frequentemente removia o pênis e a língua de suas vítimas ainda vivas.

Muitas de suas primeiras vítimas tiveram seus olhos cortados, um ato realizado baseado na crença de que eles proveriam um retrato instantâneo de sua cara. A prática só parou de ocorrer depois de, por investigação própria, Chikatilo perceber que era um conto da carochinha.

Não pode haver dúvida de que Chikatilo foi ajudado em seus crimes pelos veículos de comunicação, de propriedade estatal, de sua época. Ninguém sabia o que estava acontecendo: relatos de estupros e assassinatos em série eram pouco comuns, e pareciam estar invariavelmente associados a uma visão construída sobre o ocidente hedonista.

Enquanto quase 600 detetives e policiais trabalhavam no caso, procurando por estações de ônibus e trem e questionando suspeitos, os habitantes das áreas próximas aos locais em que corpos foram encontrados não sabiam da existência de um *serial killer* entre eles. Ainda assim, com mais de meio milhão de pessoas investigadas, havia motivo para existirem rumores.

Fotografias de Chikatilo tiradas pela polícia carregando a mala preta que continha as facas que ele usava em suas vítimas.

Uma história dizia que meninos e meninas estavam sendo destroçados por um lobisomem. Não foi até agosto de 1984, depois de Chikatilo cometer seu 30º assassinato, que as primeiras notícias rodaram o país.

Comportamento suspeito

Em 14 de setembro de 1984, houve uma mudança no caso quando um policial à paisana viu Chikatilo se aproximar de diversas jovens no terminal de ônibus de Rostov. Quando questionado, Chikatilo explicou que, como ex-professor escolar, ele sentia falta de falar com jovens. A explicação não acalmou em nada o policial, e ele continuou a seguir Chikatilo. Por fim,

> Houve uma mudança no caso quando um policial à paisana viu Chikatilo se aproximar de diversas jovens no terminal de ônibus de Rostov.

o ex-professor se aproximou de uma prostituta e, depois de receber dela sexo oral, foi parado novamente pela polícia. Em sua mala havia: uma faca de cozinha, uma toalha, uma corda e uma jarra com vaselina.

As autoridades estavam tão certas que tinham conseguido pegar o seu *serial killer* que foi solicitado ao promotor do caso que comparecesse e interrogasse Chikatilo. No entanto, a expectativa veio abaixo quando o seu tipo sanguíneo não combinou com o sêmen encontrado no corpo das vítimas. Essa discrepância, que nunca foi satisfatoriamente explicada, foi considerada um erro de escrita. Dois dias depois, Chikatilo foi solto, admitindo que não tinha feito nada além de abordar uma prostituta.

O corpo de Tanya Petrosan, 32 anos, que foi assassinada em 1984.

A possibilidade de Chikatilo ter ficado mais tempo em custódia da polícia só não ocorreu pelo fato de que ele era membro do partido comunista.

Essa associação acabaria rapidamente algumas semanas depois, quando ele foi preso e acusado de pequenos furtos em seu local de trabalho: ele foi expulso do partido e condenado a três meses de prisão.

Depois de sua soltura, ele encontrou um novo trabalho em Novocherkassk. Seus assassinatos recomeçaram em agosto de 1985 e se mantiveram irregulares pelos próximos anos. Em 1988, ele pareceu ter voltado aos antigos costumes, matando ao menos nove pessoas.

E, ainda assim, parece que ele não tirou nenhuma vida em 1989. No ano seguinte, ele matou mais nove pessoas, sendo a última em 6 de novembro, quando mutilou Sveta Korostik em uma floresta próxima à estação de trem de Leskhoz.

Com a estação sob constante vigilância, Chikatilo foi parado e questionado quando saiu da área onde o corpo seria depois encontrado.

Em 14 de novembro, no dia seguinte à descoberta do corpo de Sveta Korostik, Chikatilo foi preso e interrogado. Nos próximos 15 dias, ele confessou e descreveu 56 assassinatos. O número chocou a polícia, que tinha contado apenas 36 assassinatos durante a investigação.

Acessos de loucura

Chikatilo finalmente começou a ser julgado em 14 de abril de 1992. Algemado, ele foi colocado em uma cela no meio do tribunal. Essa cela foi construída especialmente para essa ocasião, primariamente para protegê-lo das famílias das vítimas. À medida que o julgamento transcorreu, o humor do acusado alternava entre tédio e ultraje: por duas vezes Chikatilo expôs suas partes íntimas, gritando que não era um homossexual.

> *Nos próximos 15 dias, ele confessou e descreveu 56 assassinatos. O número chocou a polícia, que tinha contado apenas 36 assassinatos durante a investigação.*

O testemunho de Chikatilo foi igualmente errático: ele negou ter cometido diversos assassinatos os quais ele já tinha confessado, enquanto que admitia culpa em alguns que eram desconhecidos da polícia. Assumir assassinatos parecia menos bizarro do que outras de suas afirmações. Em diversos momentos, ele anunciou que estava grávido, lactando e sendo irradiado. No dia em que o promotor daria sua declaração final, Chikatilo começou a cantar e teve que ser retirado da corte. Quando ele foi trazido de volta e recebeu a oportunidade final de se pronunciar, permaneceu quieto.

Em 14 de outubro de 1992, seis meses depois do início de seu julgamento, Chikatilo foi julgado culpado pelo assassinato de 21 homens e 31 mulheres. Todos eram garotos, e 14 das mulheres assassinadas eram menores de 18 anos.

Durante o julgamento, o advogado de Chikatilo fez diversas tentativas de provar que seu cliente era louco, mas uma banca de psiquiatras apontados pelo tribunal rejeitou essa reivindicação. Depois de um recurso ter sido rejeitado, em 14 de fevereiro de 1994, Chikatilo foi levado a uma sala à prova de som e executado com um tiro atrás de sua orelha direita.

Sinais de perigo: Quando era um jovem professor, ele passava seu tempo livre vendo crianças, imaginando-as nuas

Padrão de crimes: Impotência exacerbou seu sentimento de inadequação; descobriu que só conseguia uma ereção enquanto esfaqueava e mutilava vítimas

A descoberta: Observado por policial à paisana enquanto tentava atrair garotas no terminal de ônibus de Rostov

Comportamento no tribunal: Expôs suas partes íntimas no tribunal, gritou que não era homossexual, cantou e recusou-se a responder perguntas

Apelo de defesa: "Eu os considerei naves inimigas que deveriam ser abatidas."

Condenação: Morte (tiro na cabeça em uma sala à prova de som)

O Monstro do Bunker

Nome: Josef Fritzl
Data de nascimento: 9 de abril de 1935
Profissão: Vendedor de equipamentos técnicos e proprietário de imóveis
Criação: Alega que a mãe batia nele até que ele estivesse coberto em uma poça de sangue
Condenações anteriores: Condenado a 18 meses de prisão por estupro
Acusações: Cárcere privado, estupro, incesto, coerção, escravização e homicídio por negligência

Josef Fritzl

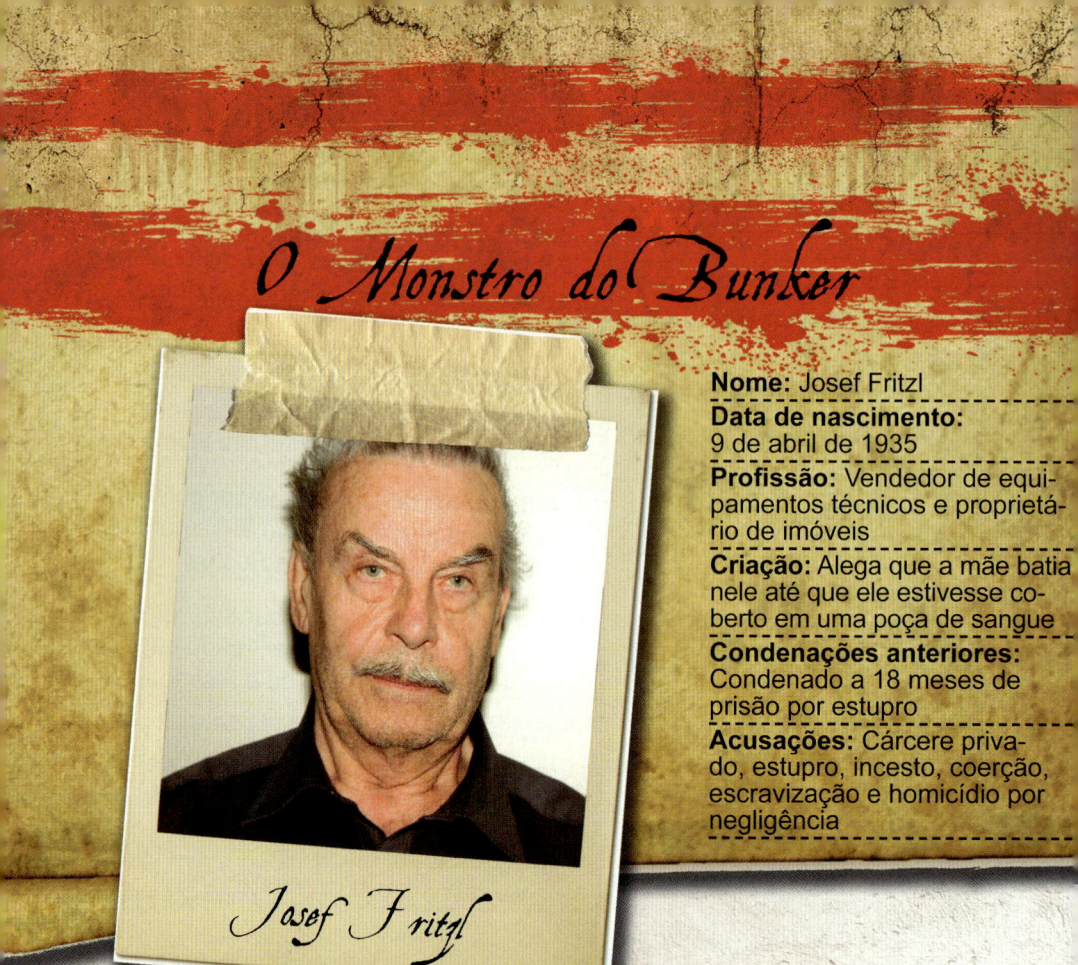

Josef Fritzl contou histórias discrepantes sobre sua mãe, Maria. Em algumas versões, ele disse que "era a melhor mãe do mundo", em outras, ela era um ser frio e brutal – quase desumano. "Ela me batia, até que eu estivesse deitado em uma poça de sangue no chão", ele contou. "Eu nunca recebi um beijo dela."

Depois, Fritzl alegou que sua mãe não aliviou suas cobranças nem enquanto envelhecia. Em vez disso, sua natureza áspera se manteve até a idade avançada. Quando o próprio Fritzl já era um senhor de idade, ele revelou que os últimos anos de Maria foram passados por ela em um quarto trancado com janelas lacradas por tijolos. Fritzl contou aos seus vizinhos preocupados que sua mãe tinha morrido, quando, na realidade, era mantida prisioneira. Em circunstâncias normais, o comportamento de Fritzl em relação à sua mãe poderia ser considerado chocante, mas, no contexto de seus outros crimes, esse incidente não merece menção maior que uma nota de rodapé.

Palidez cadavérica

O mundo não sabia dos crimes de Fritzl até a manhã de um sábado, 19 de abril de 2008, quando ele telefonou solicitando uma ambulância. Kerstin Fritzl, 17 anos, estava muito doente em casa, na Rua Ybbs, nº 40, na cidade de Amstetten, Áustria.

Os paramédicos da ambulância ficaram intrigados com a condição física da jovem que estava inconsciente. Seus sintomas nunca tinham sido vistos por tais médicos. Com uma palidez cadavérica, e sem diversos dentes, Kerstin estava próxima da morte. Ela foi transportada imediatamente para o hospital local. Algumas horas depois, Josef Fritzl apareceu. Dizendo ser o avô de Kerstin, apresentou uma carta da mãe dela, Elisabeth:

Fritzl explicou o desaparecimento de Elisabeth alegando que ela tinha se juntado a um culto religioso.

> Por favor, ajudem-na. Kerstin tem muito medo de estranhos. Ela nunca esteve em um hospital antes, e eu pedi ao meu pai para que a ajude, pois ele é a única pessoa que ela conhece.

Josef Fritzl explicou que Elisabeth fugiu para se juntar a um culto religioso muitos anos antes, deixando a criança com ele. A polícia foi chamada quando Kerstin estava próxima da morte e uma equipe de investigação se juntou para encontrar Elisabeth Fritzl. As autoridades queriam questionar a mãe sobre o que pensaram ser um caso de abandono de incapaz, e inquéritos foram abertos por todo o país e todos os tipos de bancos de dados foram verificados. Ainda assim, nada foi encontrado sobre Elisabeth que não tivesse algumas décadas de idade.

Apelo televisivo

No final do segundo dia de Kerstin no hospital, os médicos fizeram um apelo televisivo. Eles estavam com dificuldades para diagnosticar o problema de Kerstin, e eles pensaram que sua mãe talvez pudesse ajudá-los. Tendo Elisabeth não contatado o hospital, a polícia foi à casa na Rua Ybbs, nº 40. Eles queriam obter amostras de DNA da família Fritzl. A esposa de Josef Fritzl, Rosemarie, proveu amostras, assim como outras crianças que Elisabeth havia abandonado. Entretanto, Josef Fritzl estava muito ocupado para dar às autoridades alguns minutos de seu tempo.

Uma semana depois de Kerstin ter sido levada ao hospital, Rosemarie ficou surpresa ao ver Elisabeth em sua casa. Sua filha havia sumido há quase 24 anos, e estava com dois filhos, Stefan e Felix, sendo que Rosemarie não tinha a menor ideia de que eles existiam. Josef explicou que sua filha ouviu o apelo dos médicos e deixou o culto em que estava, para que pudesse ver sua filha doente.

Quando Elisabeth visitou o hospital, a polícia já estava esperando: os policiais queriam saber onde a jovem estava nas últimas duas décadas e por que ela havia abandonado seus filhos. Ela foi levada à delegacia e questionada por algumas horas. Perto da meia-noite, Elisabeth revelou que ela não havia se juntado a um culto religioso, abandonando seus filhos: na verdade, ela foi aprisionada por seu pai no porão da casa nº 40 da Rua Ybbs.

Tendo rompido o silêncio, ela relatou à polícia que revelaria tudo sobre os últimos 24 anos sob a condição de que não tivesse que ver seu pai nunca mais.

Depois de os atônitos investigadores assentirem aos desejos de Elisabeth, ela iniciou um monólogo de duas horas no qual ela descreveu em detalhes o suplício que ela suportou.

Ela disse à polícia que seu pai a atraiu para o porão em 29 de agosto de 1984, onde ela foi sedada com éter e colocada em um bunker.

As fundações da casa nº 40 da Rua Ybbs pareciam um labirinto. A parte mais velha da casa datava da década de 1890 e várias modificações foram feitas durante os anos, incluindo uma construção adicional de 1978, feita por um construtor.

Por motivos de sigilo, Fritzl construiu o bunker sozinho. Ele só podia ser alcançado descendo as escadas do porão, passando por uma série de salas e destrancando um total de oito portas. A porta final estava escondida atrás de um grande arquivo.

O bunker em si tinha uma cozinha, um banheiro, uma área de estar e dois quartos. Não havia fonte de luz natural e o ar era estagnado pela falta de circulação. O teto era muito baixo – tinha menos de dois metros de altura no máximo. Não foi difícil para Fritzl construir o bunker: como engenheiro elétrico, ele sempre foi hábil com as mãos.

> *Independentemente do que os vizinhos de Fritzl fofocavam sobre ele, nenhum tinha a menor ideia do que estava acontecendo naquela casa.*

Um bom provedor

Nascido em Amstetten, em 9 de abril de 1935, Fritzl foi criado sozinho por sua mãe depois de seu pai desertar a pequena família. O pai lutou como soldado nazista e foi morto durante a Segunda Guerra Mundial. Josef sempre foi um bom aluno com notável aptidão para questões técnicas. Ele tinha acabado de começar sua carreira em uma companhia siderúrgica de Linz quando se casou, aos 21 anos, com Rosemarie, 17. O casal teve dois filhos e cinco filhas juntos, incluindo a bela Elisabeth.

Fritzl era um bom provedor, mas também um pai repulsivo e um marido desagradável. Em 1967, ele foi condenado a 18 meses de prisão depois de ter confessado o estupro de uma jovem de 24 anos. Depois de sua soltura, ele foi empregado por uma construtora, e após esse período ele viajou pela Áustria vendendo equipamentos técnicos. Até abril de 2008, o engenheiro elétrico não tinha tido mais problemas com a lei, o que não quer dizer que ele tenha levado uma vida exemplar. Entre seus vizinhos, ele tinha a reputação de não ser um homem amigável, com muita discrição sobre ele e sua família. Havia boatos de que ele era muito firme com seus filhos e que eles lhe tinham absoluta obediência.

Independentemente do que os vizinhos de Fritzl fofocavam sobre ele, nenhum tinha a menor ideia do que estava acontecendo naquela casa.

Em 1977, Fritzl começou a abusar sexualmente de Elisabeth. Ela tinha apenas 11 anos na época, e, apesar de ela não ter dito nada a ninguém, nem mesmo para sua amiga mais próxima, Christa Woldrich, é fácil imaginar o efeito devastador que isso deve ter tido nela.

"Eu tive a impressão que ela se sentia mais confortável na escola do que em casa", Woldrich disse a um repórter. "Às vezes ela ficava quieta no momento em que tinha de ir para casa de novo."

Em janeiro de 1983, Elisabeth fugiu de casa e chegou a Viena. Ela tinha 16 anos na época. Apesar de seus esforços para se esconder, ela só conseguiu ficar livre por três semanas, quando a polícia a encontrou e a levou de volta aos seus pais.

As autoridades calculam que Fritzl estava com a construção do bunker em estado avançado a esta altura. Dezoito meses depois de ter retornado ao nº 40 da Rua Ybbs, o encarceramento de Elisabeth começou.

Fritzl parecia bastante aberto para falar sobre o que tinha acontecido à sua filha de 18 anos.

Elisabeth Fritzl, que agora vive com um novo nome em um povoado austríaco conhecido como "Povoado X".

Ele disse a todos que ela era uma criança problemática e drogada, que tinha fugido para se juntar a um culto religioso. Mas não havia culto, é claro. Fritzl deu suporte à sua história ao forçar Elisabeth

Rua Ybbs, nº 40. Do lado de fora, uma casa normal.

Uma van da polícia parada do lado de fora, nos fundos da casa dos Fritzl.

a escrever uma carta em que disse a todos para que não procurassem por ela, porque ela estava agora feliz de verdade.

Elisabeth permaneceu sozinha no bunker até o nascimento de seu primeiro filho. Seu único visitante era seu pai, que chegava algumas vezes por semana para lhe trazer comida: depois, ele a estuprava. O pesadelo se tornou maior no quarto ano de Elisabeth no bunker, quando ela engravidou e teve um aborto espontâneo. A segunda gravidez deu origem a Kerstin, e Stefan nasceu no ano seguinte. Seriam sete crianças no total, incluindo Michael, que morreu com 3 dias de idade. Enquanto Kerstin, Stefan e Felix, o mais novo, viviam cativos no bunker, Fritzl conseguiu que os outros fossem cuidados por Rosemarie.

Certamente foi difícil para explicar a origem dos bebês. Afinal, Rosemarie não sabia da existência do bunker. Como todos os outros, ela acreditava que a problemática Elisabeth tinha alcançado alguma felicidade como membro de um culto fictício. De qualquer forma, Fritzl já tinha produzido o fundamento ao retratar Elisabeth como uma filha instável e irresponsável. Tudo o que restava era levar os bebês para sua casa no meio da noite e depois deixá-los diante da casa com uma carta escrita por Elisabeth.

Em maio de 1993, Lisa, de 9 meses, tornou-se a primeira das netas que seria cuidada por Rosemarie. Quando Monika apareceu no ano seguinte, a imprensa tomou conhecimento. "Que tipo de mãe faria esse tipo de coisa?", perguntou um jornal. Depois de criar sete filhos seus, os vizinhos tiveram pena de Rosemarie. Ainda assim, a senhora não reclamava e provava ser muito devota aos seus netos: os três iam bem na escola e pareciam felizes e saudáveis, apesar de sua origem incestuosa. Até mesmo o insensível Fritzl recebeu uma dose de respeito e admiração por ajudar a criar três crianças pequenas nos anos em que normalmente as pessoas preferem descansar.

Para as crianças no bunker, a vida não poderia ter sido diferente. Kerstin, Stefan e Felix sabiam que tinham irmãos vivendo acima deles. De fato, Kerstin e Stefan se lembram de ver os bebês sendo levados.

Para aumentar, Josef ainda trazia vídeos que mostravam Lisa, Monika e Alexander desfrutando de uma vida vastamente superior à dos que estavam embaixo. Apesar do sofrimento, Elisabeth fez seu melhor para dar a Kerstin, Stefan e Felix a aparência de uma criação normal. Ela dava aulas, em que eles aprenderam a ler, escrever e estudar matemática. Todas as crianças, as que foram criadas por Elisabeth no bunker e as que foram criadas por Rosemarie, acabaram se tornando inteligentes, educadas e bem-articuladas.

Mentalidade de bunker

Fritzl nunca explicou por que ele levou Lisa, Monika e Alexander para a casa, enquanto mantinha seus irmãos cativos no bunker abaixo. Uma explicação possível pode ser a falta de espaço: com uma área total de 35 metros quadrados, o bunker estava se tornando excessivamente apertado, principalmente à medida que as crianças cresciam.

Depois do nascimento de Monika, em 1993, Fritzl aliviou o problema ao expandir o tamanho do bunker para 55 metros quadrados.

Em 27 de abril de 2008, nove dias depois de Fritzl ter pedido por uma ambulância, numerosos policiais chegaram na casa de Josef e Rosemarie Fritzl. Josef Fritzl foi levado pela polícia enquanto que Rosemarie e as crianças foram levadas para um hospital psiquiátrico, onde encontraram Elisabeth.

No dia seguinte à sua prisão, Fritzl confessou ter mantido Elisabeth cativa e ser pai de seus filhos. Ele defendeu suas ações, alegando que o sexo entre eles era consensual e que o encarceramento de Elisabeth foi necessário para resgatá-la de "pessoas de padrão moral questionável". Elisabeth tinha se recusado a obedecer a suas regras desde que tinha entrado na puberdade, disse ele.

Enquanto Fritzl aguardava julgamento por seus crimes, ele ficou mais e mais enfurecido com a cobertura da mídia. Finalmente, o engenheiro elétrico soltou uma carta por meio de seu advogado, na qual ele fala sobre a bondade com a qual tratava sua família. Fritzl também disse que poderia ter matado a todos, mas que escolheu não matá-los.

Em 16 de março de 2009, o primeiro dia de seu julgamento, Fritzl foi acusado de estupro, incesto, sequestro, encarceramento, escravidão, agressão grave e assassinato do bebê Michael. Ele acatou a culpa para todas as acusações, exceto o assassinato e a agressão grave.

Mantendo o acordo feito com a polícia no dia em que finalmente saiu do bunker, Elisabeth não foi ao tribunal. Em vez disso, o testemunho da mulher de 42 anos foi apresentado em forma de um vídeo de 11 horas de duração. A promotoria depois revelou que Elisabeth estava acompanhando os trabalhos do tribunal da galeria: ela se disfarçou para evitar ser reconhecida.

Essa notícia desmontou Josef Fritzl: ele alterou o que pleiteava para culpado de todas as acusações, assim terminando o caso. No mesmo dia ele foi condenado à prisão perpétua sem possibilidade de liberdade condicional por 15 anos.

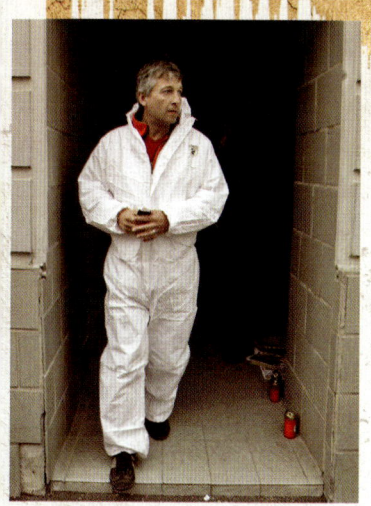

Um policial forense sai pela porta da frente da casa dos Fritzl.

Sinais de perigo: Expunha-se de maneira indecente quando jovem

Padrão de crimes: Com a construção do bunker, sua necessidade de controle estava escrita no concreto

A descoberta: Quando sua filha Kerstin, 19 anos, teve que ser levada ao hospital, o mundo de Fritzl começou a ser revelado

Apelo de defesa: "Eu nasci para estuprar. Eu podia ter me comportado muito pior do que só trancafiar minha filha."

Condenação: Prisão perpétua (sem possibilidade de liberdade condicional por 15 anos)

O Homem que Não Tinha Amigos

Nome: Thomas Hamilton
Data de nascimento: 10 de maio de 1952
Profissão: Ex-comerciante
Criação: Nascido pouco depois de seus pais se separarem; adotado por seus avós aos 3 anos de idade; foi dito a ele que sua mãe era na verdade sua irmã
Classificação: Pedófilo obcecado por armas e clubes de garotos
Número de vítimas: 17 mortos, 15 feridos

Aos 43 anos, Thomas Hamilton não tinha amigos adultos. Ele preferia passar seu tempo com meninos; mostrava todos os sinais de pedofilia, mas ainda assim não havia evidências confiáveis produzidas que atestavam que ele tinha abusado sexualmente de alguém.

Hamilton chamava-se Thomas Watt, e nasceu em 10 de maio de 1952, em Glasgow. Pouco depois disso, seus pais se separaram, e em 1955 estavam divorciados. Pouco antes de seu quarto aniversário, ele foi adotado por seus avós maternos, que mudaram seu nome para Thomas Watt Hamilton. Ele cresceu acreditando que sua mãe era sua irmã. Apenas em 1985, quando Hamilton tinha 33 anos, que a mulher que ele pensava ser sua irmã finalmente saiu da casa de seus pais.

Dois anos depois, Hamilton e seus pais adotivos se mudaram para a casa onde ele viveria o resto de sua vida. No final de 1992, a mãe adotiva dele morreu, e seu pai mudou-se para um asilo. Com 40 anos de idade, ele estava vivendo pela primeira vez longe de seus pais adotivos.

Hamilton tinha participado de grupos de escoteiros quando criança, e seu interesse por isso na fase adulta continuou. Em 1973, ele foi apontado escoteiro assistente líder de uma tropa de escoteiros em Stirling. Apesar de ele ter sido aprovado em vários testes para verificar se ele era adequado para a tarefa, não demorou muito para que reclamações fossem feitas sobre a liderança dele. A mais séria dessas era relacionada a duas ocasiões em que meninos foram forçados a dormir em uma van com ele. Confrontado com essa primeira reclamação, Hamilton explicou que a acomodação que tinha reservado já tinha sido ocupada por outros hóspedes. Quando essa situação se repetiu, uma investigação entrou em curso, o que revelou que em nenhuma das ocasiões foi feita uma reserva. Diante disso, ele foi removido de sua posição e seu nome foi adicionado a uma lista negra.

Nos anos seguintes, Hamilton fez diversas tentativas de regressar aos escoteiros. Em fevereiro de 1977, solicitou que um comitê de investigação fosse formado para investigar sua alegação de que ele tinha sido vítima. A solicitação foi recusada. No ano seguinte, ele tentou passar ao largo dessa lista negra, ao oferecer seus serviços em outro distrito.

Um homem entre garotos

Frustrado em suas tentativas de participar mais uma vez do escotismo, Hamilton se tornou cada vez mais envolvido em clubes de garotos. Começando no final da década de 1970, organizou e dirigiu ao menos 15 clubes, três dos quais, o Clube dos Meninos de Dunblane, Falkirk e Bishopbriggs. Ele ainda era membro ativo no momento de sua morte.

Os clubes de Hamilton almejavam atrair meninos entre 8 e 11 anos, sendo que, para a maioria, as atividades consistiam de ginástica e jogos. Apesar de ele por algumas vezes ter tido assistência de outros, inclusive pais, Hamilton costumava tocar os clubes totalmente por conta própria. Ele até havia dado um nome, "o comitê do grupo esportivo dos clubes de garotos", para que pudesse criar a impressão de que outros adultos estavam envolvidos na administração dos clubes. Na realidade, esse comitê simplesmente não existia.

Quando ficou desempregado, em 1985, as taxas pagas nesses clubes proviam a Hamilton uma pequena renda. Na maioria dos casos, os clubes começaram muito populares – alguns atraindo até 70 meninos –, mas invariavelmente seu número caía.

Suas ideias sobre disciplina não eram exatamente as mesmas dos pais das crianças. Os treinamentos eram difíceis e exaustivos, fazendo com que os pais e voluntários considerassem tais práticas como dignas de uma escola militar. Alguns sugeriram até que Hamilton sentia prazer na dominação dos meninos.

> Também desconcertante era seu hábito de tirar fotos dos meninos enquanto posavam de sunga. Em 1989, ele adicionou vídeos a sua coleção de imagens.

Era notável que Hamilton mostrava um interesse incomum por certos meninos, parecendo então que tinha alguns favoritos. Ele recebeu reclamações de alguns pais, relacionadas à sua insistência para que os meninos usassem sungas pretas apertadas durante a ginástica. Uma vez que era Hamilton quem provia as sungas, os meninos eram obrigados a se trocar no ginásio em vez de em vestiários.

Também desconcertante era seu hábito de tirar fotos dos meninos enquanto posavam de sunga. Em 1989, ele adicionou vídeos à sua coleção de imagens. Quando confrontado pelos pais, Hamilton explicou que as fotografias e os vídeos gravados foram feitos com o propósito de treinamento e anúncios publicitários.

Aqueles pais que assistiram aos vídeos notaram que os meninos pareciam infelizes e desconfortáveis durante as filmagens, e mais, a filmagem de Hamilton focava em partes específicas dos corpos dos meninos. A casa dele continha centenas de fotos de meninos – muitos trajando sunga preta – penduradas na parede ou em álbuns de fotografias.

Sempre que um menino era retirado de algum dos seus clubes, Hamilton escrevia uma carta aos pais da criança, em que reclamava dos rumores e insinuações associados a suas atividades. Ele frequentemente entregava pessoalmente as cartas durante a noite.

Hamilton era um claro perigo para os meninos, mas nada foi feito.

Entretanto, havia alguns pais que davam apoio a Hamilton. Em 1983, quando ele teve seus acordos com duas escolas cancelados por problemas que teve com escoteiros no passado, ele obteve 30 cartas de apoio de pais. Seu acordo, diante disso, foi reinstaurado.

Além dos clubes de garotos, Hamilton também administrava acampamentos de verão; estes eram direcionados para meninos de 9 anos, em um número total de aproximadamente 12 crianças.

Exatamente quantos acampamentos Hamilton administrou não se sabe. Ele alega que o acampamento de julho de 1988, na Ilha de Inchmoan no Lago Lomond, foi seu 55º, mas essa informação não pode ser confirmada.

Independentemente disso, esse foi o primeiro acampamento visitado pelas autoridades; tendo vindo por uma reclamação, dois policiais inspecionaram o local em 20 de julho e encontraram os meninos desnutridos e vestidos de maneira inadequada. Como um dos policiais era membro dos escoteiros, Hamilton desqualificou essas descobertas da polícia por considerar isso parte de uma conspiração produzida pela Associação dos Escoteiros. Depois de mais um de seus acampamentos de verão ser investigado, em julho de 1991, Hamilton o substituiu pelo que chamou de "curso residencial de treinamento de esportes", no qual os meninos dormiam no refeitório da escola de Dunblane, o que também foi investigado pelas autoridades.

> **Dois policiais inspecionaram o acampamento administrado por Hamilton em 20 de julho e encontraram os meninos desnutridos e vestidos de maneira inadequada.**

Uma fotografia da classe do primeiro ano tirada pela professora Gwen Mayor pouco antes de Hamilton ter matado ela e 16 alunos na Escola Primária Dunblane.

Cruzando a linha

Em 1995, os rumores e insinuações sobre os quais Hamilton reclamava em suas cartas aos pais estavam colocando um fim em seus clubes. Três deles tiveram que fechar por falta de inscritos, enquanto que a proposta para um novo clube foi cancelada porque somente um menino apareceu. Em 18 de agosto, ele espalhou cartas em Dunblane com a intenção de dar o retorno ao que chamou de falsas e enganosas fofocas que circulavam por meio de oficiais escoteiros. Ele procurou se livrar de sua péssima reputação ao abrir um novo clube a 40 quilômetros, em Bishopbriggs.

Reclamações contra Hamilton agora eram feitas frequentemente. De qualquer forma, se por um lado sua conduta era motivo de grande preocupação, ela não tinha ainda cruzado a linha da criminalidade.

Pouco depois das 8 horas da manhã de 13 de março de 1996, um vizinho viu Hamilton retirar gelo que cobria uma van estacionada do lado de fora de sua casa em Stirling. Eles teriam, de acordo com seu vizinho, uma conversa normal.

Depois de Dunblane, o secretário de assuntos domésticos Michael Howard implementou mudanças nas leis de armas de fogo.

Algum tempo depois, Hamilton dirigiu a van por dez quilômetros ao norte, para a cidade de Dunblane, chegando às 9h30 no estacionamento da Escola Primária Dunblane, o local que havia escolhido para seu massacre.

Estacionado ao lado de um poste, Hamilton cortou todos os cabos. É possível que Hamilton tivesse pensado que esses cabos atendiam à escola, quando na verdade eles serviam às casas vizinhas. Sob sua jaqueta ele usava quatro coldres que carregavam duas pistolas semiautomáticas Browning de 9 milímetros e dois revólveres .357, da Smith & Wesson. Ele também usava um chapéu de lã e protetores auriculares. Carregando uma grande mochila para guardar câmeras, Hamilton atravessou o estacionamento e entrou na escola por uma porta lateral.

Havia passado pouco mais de meia hora do início do dia escolar quando Hamilton entrou no ginásio. Lá, ele encontrou duas professoras, uma assistente e uma turma de 28 crianças, com idades entre 5 e 6 anos. Hamilton caminhou mais alguns passos, levantou sua pistola e começou a atirar rápida e indiscriminadamente. Ele acertou a professora de educação física, Eileen Harrild, quatro vezes, incluindo um tiro que acertou seu seio esquerdo. A outra professora, Gwen Mayor, de 47 anos, foi assassinada instantaneamente. A assistente, Mary Blake, também foi acertada, mas conseguiu buscar refúgio com várias crianças em um depósito que estava fora da linha de fogo.

Hamilton permaneceu parado e continuou atirando, matando uma criança e ferindo outras: ainda atirando indiscriminadamente, ele avançou no ginásio, em direção a um grupo de feridos, e atirou à queima-roupa.

Apesar de ele ter continuado a atirar a esmo, alguns tiros foram direcionados: ele atirou em um menino que passava pelo ginásio, mas errou. Outro tiro, que acertou uma janela, era provavelmente direcionado a um adulto que caminhava pelo pátio. Mais uma vez, ele errou.

Ele saiu do ginásio e atirou quatro vezes em direção à biblioteca da escola, acertando uma funcionária, Grace Tweddle, na cabeça.

Ele então metralhou o lado de fora de uma sala de aula, mas não acertou ninguém. A professora Catherine Gordon disse aos seus alunos para que deitassem no chão, momentos antes de os tiros serem disparados.

Hamilton entrou mais uma vez no ginásio, atirando casualmente. Ele então derrubou a pistola e sacou um revolver: após colocar a ponta do cano em sua boca, ele puxou o gatilho.

Estima-se que a matança de Hamilton durou entre três e quatro minutos, e o dano causado foi absolutamente aterrorizante.

No chão do ginásio a professora Gwen Mayor e 15 alunos estavam mortos. Hamilton atirou nessas 16 pessoas 58 vezes. Outra criança, Mhairi Isabel MacBeath, morreria a caminho do hospital; outras 15 pessoas ficaram feridas.

Todos foram levados à enfermaria real de Stirling.

Apesar de a carnificina ter sido grande, ela poderia ter sido muito, muito pior. Só às 9h41, aproximadamente um minuto após Hamilton ter se suicidado, que a polícia recebeu a primeira chamada de emergência.

Os primeiros policiais chegaram às 9h50. Hamilton entrou na escola com 743 munições, das quais ele usou 106; ele usou só uma das duas pistolas semiautomáticas Browning de 9 milímetros.

Ambos os revólveres Smith & Wesson .357 ficaram em seus respectivos coldres até que Hamilton usou um deles para cometer suicídio.

> **Sinais de perigo:** Dispensado como líder de escoteiros por preocupações com suas "intenções morais direcionadas a meninos"; teve suas atividades investigadas pela polícia central escocesa
>
> **Planejamento do crime:** Menos de seis meses antes dos assassinatos, Hamilton aumentou o tamanho de sua coleção de armas; por dois anos, semanalmente, ele perguntou a um aluno da escola sobre a disposição do ginásio e a rotina escolar
>
> **Resultado:** No Reino Unido, as leis relacionadas a armas de fogo foram revistas e tornaram-se mais rígidas; um programa de desarmamento resultou em 160 mil armas sendo entregues à polícia

O "Bispo" Esquizofrênico

Nome: Gary Heidnik
Data de nascimento: 22 de novembro de 1943
Profissão: Enfermeiro da ala de psiquiatria, investidor
Criação: Colocado sob cuidados quando jovem em razão do alcoolismo de sua mãe
Classificação: Diagnosticado com distúrbio de personalidade esquizoide e dispensado do serviço militar; QI de 130 pontos
Condenações anteriores: Preso por sequestro e estupro da irmã deficiente mental de sua namorada
Número de vítimas: 2 mortas, 6 sequestradas

Gary Heidnik

Ellen Heidnik bebia enquanto estava grávida, e muito. Mesmo em uma época em que uma taça de vinho na mão de uma grávida não era uma cena incomum, Ellen se destacava. Quando seu filho mais velho, Gary, nasceu – em 22 de novembro de 1943 em Eastlake, Ohio –, o alcoolismo dela já havia afetado seu casamento. Dois anos e um filho depois, seu marido pediu o divórcio.

Os efeitos da separação ofuscaram os primeiros anos da vida de Gary, bem como de seu irmão mais novo, Terry.

Inicialmente, os dois meninos ficavam com sua instável e suspeita mãe, mas, quando ela se casou novamente, eles foram mandados para morar com seu pai, Michael Heidnik, e sua nova esposa.

Cabeça deformada

Esses foram tempos bastante infelizes para Gary. Ele não gostava de sua madrasta e era brutalizado por seu pai disciplinador. Ele era frequentemente punido por urinar na cama e sofria mais ainda quando seu pai, deliberadamente, pendurava os lençóis molhados na janela do piso superior para que os vizinhos vissem. Apesar de ser uma experiência aterrorizante, isso não foi nada perto do medo sentido quando seu pai o pendurou por suas canelas, no lugar dos lençóis.

Na escola não era melhor. Gary não era só insultado por molhar a cama – ele também era provocado por sua aparência incomum. Quando menino, ele caiu de uma árvore, o que deixou a sua cabeça um pouco deformada. Michael fez a infância de seu filho um pouco pior ao pintar alvos no traseiro de suas calças, assim criando um motivo para piadas e brincadeiras dos valentões da escola. A despeito de todos esses inconvenientes, Gary era um excelente aluno. Ele estava invariavelmente no topo de sua turma, e seu QI uma vez foi medido, com 130 pontos.

Sua inteligência, adicionada ao *status* de pária, pode ter contribuído para suas ambições incomuns. Enquanto muitos de seus colegas sonhavam em se tornar um profissional do baseball ou uma estrela do futebol americano, Gary, aos 12 anos, tinha a aspiração de alcançar uma grande fortuna e uma carreira militar. Ele começou cedo, ao entrar para a Academia Militar de Staunton, em Virgínia, aos 14 anos, onde mais uma vez provou ser um excelente aluno. Entretanto, ao contrário de Barry Goldwater e John Dean, dois dos alunos mais ilustres da escola, Gary não se formou na respeitada escola. Depois de dois anos ele deixou a academia, voltando para a casa de seu pai. Ele tentou continuar seus estudos em algumas escolas, mas sentia que não estava aprendendo nada; então, aos 18 anos, saiu de vez da escola e entrou no exército.

Apesar de ter feito apenas alguns amigos, Gary brilhou no exército. Depois de completar o treinamento básico, ele foi mandado para San Antonio, Texas, onde se tornaria um assistente dos médicos. Agora que sua carreira militar parecia encaminhada, Gary começou a perseguir seu outro sonho – tornar-se rico. Ele suplementava sua renda ao emprestar dinheiro para seus colegas soldados. Apesar de seu negócio modesto poder ser malvisto por seus superiores hierárquicos, Gary era um militar inteligente e exemplar. Em 1962, em um hospital militar na Alemanha Ocidental, ele alcançou quase a nota máxima no exame de equivalência do Ensino Médio.

Poucos meses depois, tudo havia acabado.

> Agora sem trabalho, as excentricidades de Heidnik aumentaram, enquanto que seu cuidado com a higiene diminuiu. Se ele não queria ser incomodado, enrolava uma das pernas da calça como sinal aos outros.

Em agosto, Gary começou a queixar-se de náuseas, visão borrada e tontura. Os médicos que o atenderam identificaram duas causas – gastroenterite e "distúrbio de personalidade esquizoide". Antes do final do ano, ele tinha sido mandado de volta para casa. A ele foi dada uma dispensa honrosa e uma pensão por invalidez. Com um de seus dois sonhos em pedaços, Gary entrou na Universidade da Pensilvânia. Os cursos que ele escolheu – química, história, antropologia e biologia – eram tão diferentes um do outro que parecia que ele estava procurando uma direção. Se essa era a intenção, Gary não alcançou seu objetivo. Usando o treinamento médico que teve no exército, ele trabalhou um tempo em dois hospitais da Filadélfia, mas provou não ser um bom trabalhador.

Agora sem trabalho, e vivendo de sua aposentadoria, suas excentricidades aumentaram, enquanto que seu cuidado com a higiene diminuiu. Gary encontrou uma jaqueta de couro, a qual ele vestia independentemente do tempo ou da situação social envolvida. Se ele não queria ser incomodado, enrolava uma das pernas da calça como sinal aos outros. Aí, ocorreram as tentativas de suicídio – não só as de Gary, mas também as de seu irmão e sua mãe. Essas tentativas foram tão frequentes que puderam ser numeradas em dúzias, mas só Ellen obteve sucesso. Em 1970, a alcoólatra que fora casada quatro vezes tomou a própria vida com a ingestão de mercúrio.

Ambos os filhos de Ellen passaram muitos anos mudando de uma instituição psiquiátrica para a próxima. A despeito de muitos anos de confinamento, Gary começou a acumular a riqueza que almejava desde criança. Em 1971, ele fundou sua própria igreja, a Igreja Unida dos Ministros de Deus, e se auto-ordenou seu bispo. Apesar de Gary ter apenas quatro seguidores, eles incluíam somente duas pessoas que eram próximas a ele – sua namorada, que tinha retardamento mental, e o seu irmão.

Fora de controle

Enquanto líder religioso autoungido, Gary começou a investir de maneira mais séria: ele comprou uma propriedade e começou a trabalhar no mercado de ações, fazendo uma considerável quantidade de dinheiro em 1971, quando o império da Playboy de Hugh Hefner se tornou público. Ainda assim, por todo esse tempo ele estava saindo de controle. Gary se tornou um daqueles indivíduos que era "conhecido pela polícia", e havia diversos motivos para sua notoriedade. Em 1976, por exemplo, ele usou uma arma sem licença para atirar na cara de um inquilino. Ainda assim, não foi para a cadeia pela primeira vez antes do ano de 1978. Mas a condenação, entre três e sete anos, não tinha nada a ver com esse tiro. Em vez disso, Gary foi considerado culpado de sequestro, cárcere privado, falso apri-

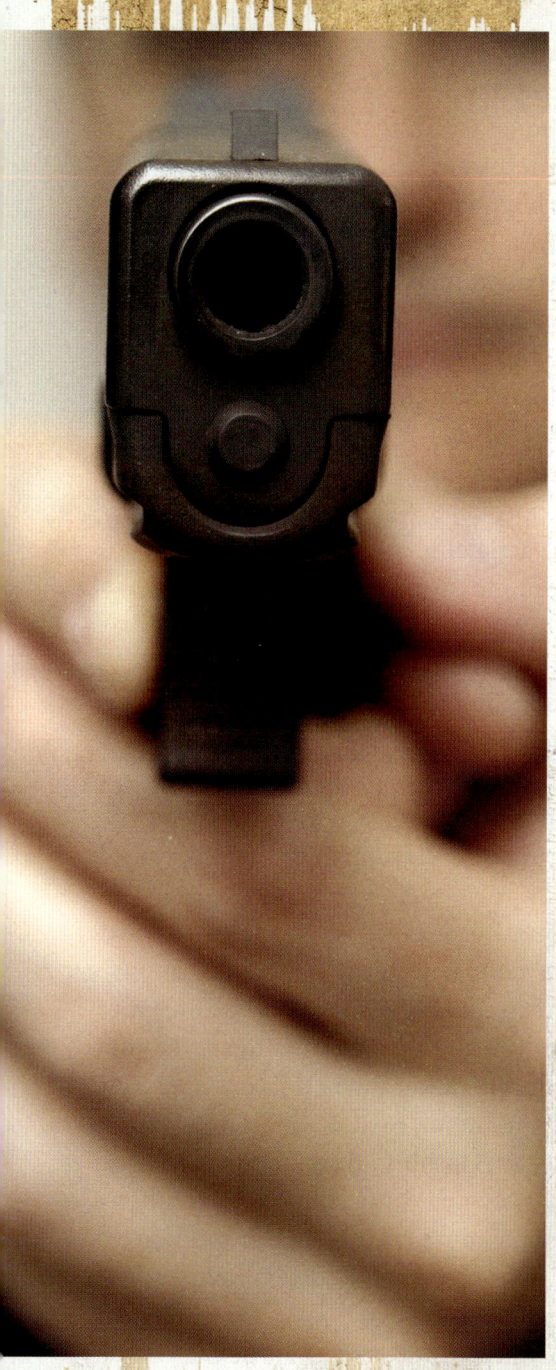

Heidnik usou uma arma sem licença para atirar na cara de um inquilino.

sionamento, estupro, relação sexual não consentida e interferência na custódia de uma pessoa que precisa de cuidados.

Todas essas acusações emergiram porque Gary tinha assinado a liberação da irmã de sua namorada de uma instituição psiquiátrica e a manteve cativa no porão de sua casa. Não só ele tinha a estuprado, como também a infectou com gonorreia. No meio do que se tornariam quatro anos de cadeia, Gary deu um bilhete a um guarda prisional explicando que ele não podia mais falar porque o Demônio havia enfiado uma bolacha em sua garganta – Gary permaneceu em silêncio por 27 meses.

Quando ele foi solto, em abril de 1983, regressou à Filadélfia e continuou como bispo na Igreja Unida dos Ministros de Deus. Apesar de sua congregação não ter crescido muito, de tempo em tempo ela contava com mulheres com retardamento mental, que ele eventualmente engravidava.

A vizinhança já tinha tido dias melhores – traficantes de drogas trabalhando nas ruas.

É pouco surpreendente que Betty Disto, a primeira noiva de Gary, não estava familiarizada com seu comportamento ímpar e pouco cuidado higiênico, porque o casal se comprometeu antes mesmo de se olharem; eles se encontraram por meio de um serviço matrimonial. Eles já estavam se comunicando havia dois anos quando, em setembro de 1985, Betty voou de sua casa nas Filipinas para os Estados Unidos. Seu casamento, em outubro, durou apenas três meses. Betty não aguentava ver seu noivo na cama com outras mulheres, mas ela não tinha escolha, porque Gary a fazia assistir. Agredida, estuprada e ameaçada, Betty, que agora estava grávida, voltou para casa com o apoio da comunidade filipina local.

Betty escapou nos primeiros dias de 1986, mas a vida de Gary começou a ruir no final desse ano. Na noite de 26 de novembro de 1986, Gary

Depois de colocar correntes e grampos nas canelas de Josefina, Heidnik começou a cavar.

sequestrou sua primeira vítima, uma prostituta chamada Josefina Rivera. Tudo aconteceu gradualmente.

Ela estava parada na chuva fria quando Gary lhe deu carona em seu Cadillac Coupe de Ville. No caminho, ele parou no McDonald's e lhe comprou café. Ela não fez nenhuma objeção quando ele quis levá-la para seu lar, uma casa deteriorada no nº 3.520 da Rua North Marshall.

Havia algo surreal sobre isso tudo. A casa de Gary já tinha visto dias melhores, assim como toda a vizinhança. Décadas antes, a área abrigava imigrantes trabalhadores alemães, e as ruas eram limpas, mas agora estavam esburacadas e repletas de lixo. Traficantes de drogas vendiam crack e maconha para os motoristas que ali passavam e a pobreza estava por todo o lugar; ainda assim, Gary tinha um Rolls-Royce na sua garagem.

A porta de sua casa parecia ter vindo de um filme infantil. Quando foi aberta, Josefina notou que Gary havia colado milhares de moedas de um centavo à parede da cozinha. Quando ele a levou para a parte do quarto, ela percebeu que o corredor estava repleto de notas de cinco dólares coladas na parede. De várias maneiras, essa casa era um reflexo de seu dono: as joias de Gary, e seu Rolex, contrastavam brutalmente com suas roupas surradas e manchadas.

Como o resto da casa, seu quarto era esparsamente mobiliado. Não havia nada além de um colchão de água, duas cadeiras e uma cômoda. Gary deu a Josefina o dinheiro que eles concordaram – 20 dólares –, e ele então se despiu. Em questão de poucos minutos, eles fizeram sexo com vigor, mas sem emoção. Josefina tinha se sentido desconfortável junto a Gary, mas o que aconteceu depois verdadeiramente a surpreendeu: ele a agarrou pelo pescoço e a enforcou até que ela desmaiasse. A perda de consciência ocorreu muito rapidamente, ainda assim, ele teve tempo de algemá-la.

Josefina então foi colocada em pé e levada para o porão. Tratava-se de um cômodo incompleto, frio, úmido e nojento, como o colchão no qual ele a havia colocado antes. O piso era feito de concreto, apesar de partes da superfície terem sido removidas. Depois de colocar correntes e grampos nas canelas de Josefina, Heidnik começou a cavar a terra exposta.

Ele falava enquanto trabalhava, dizendo à mulher amarrada que ele tinha sido pai de quatro crianças de quatro mulheres diferentes, mas tudo havia dado errado. Ele não tinha tido contato com qualquer um de seus filhos e ele queria e *merecia* uma família.

"A sociedade me deve uma esposa e uma família grande", ele disse. "Eu quero dez mulheres para mantê-las aqui e engravidá-las todas. Aí, quando tiverem os bebês, quero criá-los aqui também, e seremos uma família grande e feliz."

E, com isso, ele a estuprou.

Um clamor

Uma vez sozinha, Josefina tentou escapar. Depois de livrar uma de suas canelas, ela conseguiu abrir uma das janelas do porão e fugir. Ela já estava em uma área aberta, então ela rastejou o mais longe que sua corrente permitiu, e depois gritou o mais alto que conseguiu. Mas na vizinhança em que Gary morava, gritos como esse eram algo corriqueiro: a única pessoa que prestou atenção aos gritos foi Gary.

> Em 7 de fevereiro, Sandra havia perdido completamente a consciência. Nesse ponto, Gary finalmente removeu as algemas que a mantinham pendurada e ela caiu sobre um amontoado de coisas no chão de concreto.

Ele correu as escadas, segurou a corrente e a puxou de volta para o porão. O colchão nojento agora era bom demais para ela; arrastando-a pelo chão, ele a jogou em um buraco raso. Ela foi coberta com camadas de madeira compensada, sobre as quais Gary colocou pesos.

No terceiro dia de cativeiro, juntou-se a ela uma jovem com retardo mental chamada Sandra Lindsay. Ela parecia ter um entendimento bastante limitado do que estava acontecendo, então foi fácil para Gary conseguir fazê-la escrever um bilhete para sua mãe: "Cara mãe, não se preocupe, eu ligarei".

Essa foi a última vez que a mãe de Sandra teve notícias de sua filha. Josefina e Sandra passaram algumas semanas juntas: às vezes elas estavam no buraco, em outras, elas eram acorrentadas a canos no porão. Elas aguentaram estupros seguidos, surras e o frio, que estava sempre presente.

Em 22 de dezembro, a elas se juntou a jovem de 19 anos Lisa Thomas, a "terceira esposa". Gary atraiu a garota para o nº 3.520 da Rua North Marshall com ofertas de comida, roupas e uma viagem para Atlantic City. No fim, ela apenas conseguiu a comida e uma taça de vinho batizada. Depois de ter desmaiado, Gary a estuprou e então a levou ao porão.

Na noite de Ano-Novo, Gary sequestrou uma quarta mulher, mas Deborah Dudley, 23 anos, era totalmente diferente das outras "esposas". Ignorando as consequências, ela lutava com ele em quase todas as chances que teve. Sua desobediência invariavelmente levava as outras mulheres a também apanhar, o que criava desordem e tensão entre o grupo.

Quando Gary começou a encorajar as mulheres a delatarem umas as outras, Josefina viu uma oportunidade para obter a confiança dele. Apesar de ela continuar a sofrer em suas mãos, Gary começou a acreditar que Josefina tinha prazer nessa situação.

A esposa número 5, Jacqueline Askins, 18 anos, chegou em 18 de janeiro. Depois de estuprá-la e acorrentá-la, Gary surpreendeu as outras "esposas" com bastante comida chinesa e uma garrafa de espumante. Depois de semanas de pão, água e cachorros-quentes velhos, agora parecia que elas teriam um banquete.

A que se devia esse presente inesperado? Era o aniversário de Josefina.

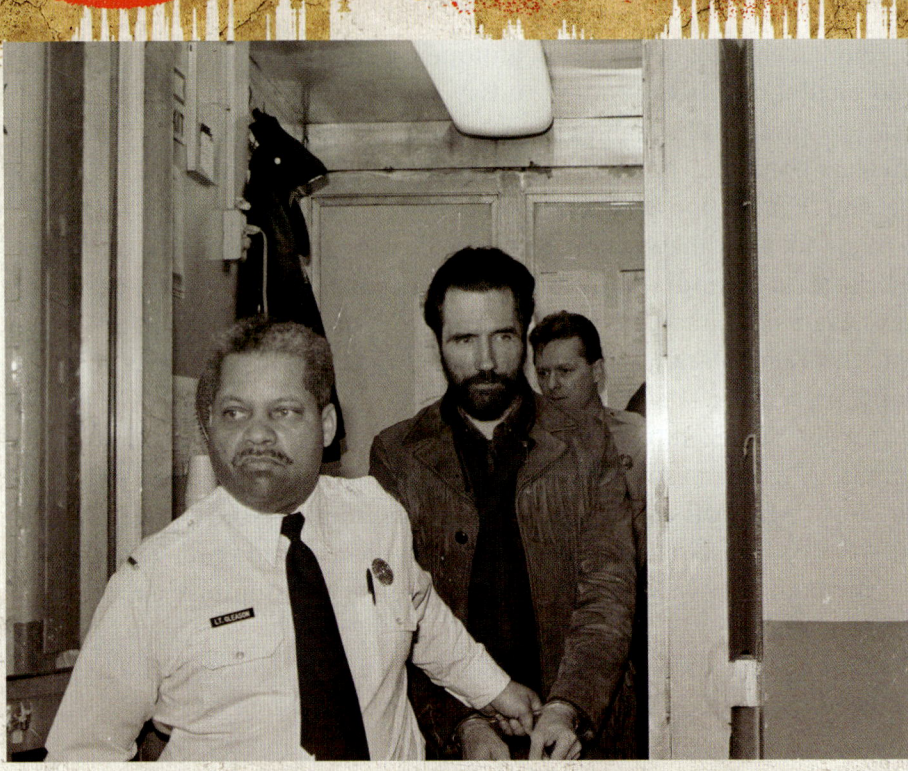

Gary Heidnik sendo conduzido sob custódia policial.

Punição terrível

De qualquer forma, qualquer esperança de que Gary pudesse estar suavizando seus métodos foi prontamente frustrada. Se qualquer alteração ocorreu, suas práticas abusivas aumentaram. Quando ele surpreendeu Sandra Lindsay tentando remover a madeira compensada que cobria o buraco, ela foi forçada a ficar pendurada por um dos pulsos de uma viga que saía do teto.

Ela respondeu entrando em uma greve de fome, mas, poucos dias depois, parecia realmente incapaz de comer: quando Gary forçava comida na boca dela, ela vomitava.

Em 7 de fevereiro, Sandra havia perdido completamente a consciência. Nesse ponto, Gary finalmente removeu as algemas que a mantinham pendurada e ela caiu sobre um amontoado de coisas no chão de concreto.

Chutando-a para o buraco, ele garantiu às outras mulheres que Sandra estava fingindo. Deve ter sido uma questão de minutos para que Sandra morresse.

As mulheres viram Gary carregar o corpo de Sandra acima e depois ouviram o som de uma serra elétrica. Mais tarde, um dos cachorros de Gary entrou no porão abanando o rabo: em sua boca, havia um osso repleto de carne fresca.

Em alguns dias, o porão e a casa foram tomados por um odor terrível. Gary estava tendo dificuldades para dispensar os restos mortais dela. Usando um processador de comida, ele moeu o que conseguiu, dando a carne para seus cães e "esposas" – mas algumas partes eram particularmente difíceis de lidar.

A cabeça decepada de Sandra esteve em uma panela com água fervente por dias, enquanto que sua caixa torácica era assada em um forno. O cheiro se espalhou pelas casas adjacentes, o que levou a reclamações dos vizinhos. Apesar de a polícia ter investigado, eles acreditaram na versão de Gary, de que tinha cozinhado carne podre. Enquanto isso, a tortura aguentada pelas mulheres foi intensificada: Gary começou furando as orelhas delas com uma chave de fenda, acreditando que mulheres surdas seriam mais fáceis de ser controladas. Ele também retirou o isolamento elétrico de cabos para que pudesse dar choques em suas vítimas.

Josefina não era só preservada dessas punições, como também se tornou a administradora. Em 18 de março, ela ajudou Gary com um elaborado método de tortura. Primeiro, o buraco foi inundado com água, depois as "esposas", ainda acorrentadas, foram forçadas a entrar na água. Depois disso, a madeira compensada foi colocada em seu lugar, e pesos colocados sobre a madeira. Finalmente, os cabos expostos foram colocados através de um buraco, eletrocutando as mulheres.

O segundo desses choques matou Deborah Dudley. Sua morte marcou uma mudança significativa na relação de Gary com Josefina.

Aos seus olhos, a participação dela na tortura, combinada com a morte de Deborah, significava que ela podia ser chantageada. Isso a fez uma pessoa confiável – ou assim ele pensava. Pela primeira vez em quase quatro meses, ela pôde sair do porão. Ela dividiu a cama com Gary, comia com ele em restaurantes e o ajudava com as compras. Josefina até acompanhou Gary ao interior, onde ele dispensou o corpo de Deborah.

Em 24 de março de 1987, um dia após ajudá-lo a sequestrar mais uma mulher, Agnes Adams, Josefina o convenceu a deixá-la visitar seus filhos. Ela prometeu que voltaria com mais uma "esposa". Gary a deixou e esperou dentro do carro por seu retorno, mas ela não tinha ido visitar seus filhos; em vez disso, ela correu até o apartamento de seu namorado, onde contou os detalhes dessa história inacreditável.

Depois de a polícia chegar e notar as cicatrizes causadas por meses vestindo correntes e grampos, eles prenderam Gary. Suas "esposas" sobreviventes foram resgatadas quando a polícia foi ao nº 3.520 da rua North Marshall na manhã seguinte.

O julgamento de Gary começou em 20 de junho de 1988. No começo, seus advogados tentaram provar que o assistente hospitalar era louco. Eles chamaram um psiquiatra e um psicólogo ao banco das testemunhas, mas seus esforços foram em vão. Dez dias depois, ele foi condenado por dois homicídios dolosos, quatro acusações de agressão, cinco estupros, seis sequestros e uma relação sexual não consentida. Ele foi condenado à morte.

Sinais de perigo: Acusado de agressão qualificada, depois de atirar em um inquilino em 1976; cobriu as paredes do corredor de sua casa com notas de dólar; era obcecado por cadeados e chaves; inventou e conduzia sua própria igreja

Padrão de crimes: Começou com estupros e agressões, tornando-se um estuprador crônico, confinando suas vítimas

A descoberta: Heidnik deixou sua "esposa" visitar sua família; ela foi direto à polícia

Condenação: Pena de morte (sua última refeição consistiu de dois copos de café preto e quatro pedaços de pizza)

Na noite de 6 de julho de 1999, 11 anos após ser condenado, Gary Heidnik foi executado com uma injeção letal. Não é de se surpreender que nenhum membro de sua família reclamou o corpo.

Michael Heidnik, seu pai, não o tinha visto desde o início da década de 1960. Quando ele ouviu falar da condenação de seu filho, soltou uma breve afirmação à imprensa:

"Não estou interessado. Não me importo. Isso não me incomoda nada."

A Toca do Demônio

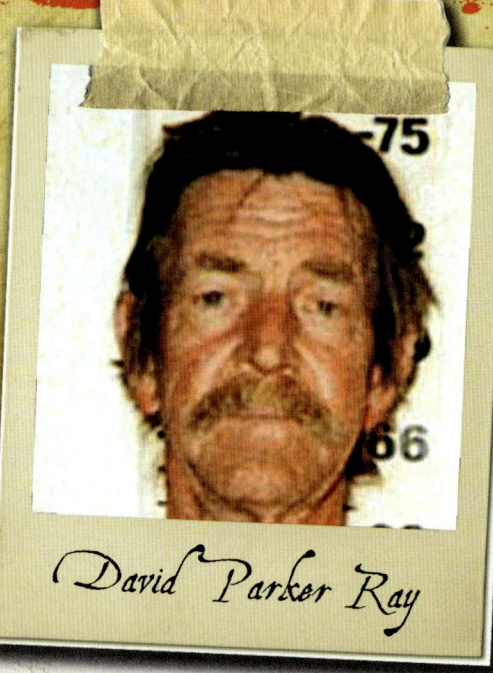

Nome: David Parker Ray
Data de nascimento: 6 de novembro de 1939
Profissão: Mecânico de motores
Classificação: Assassino organizado de grande apetite que contava com vários parceiros
Criação: Criado pelo avô; caçoavam dele por sua timidez com as garotas
Registro policial anterior: Problemas com a lei relacionados ao abuso de álcool e outras drogas
Número de vítimas: 14 a 60

David Parker Ray

A cidade de Truth or Consequences, Novo México, já foi um local para relaxar. Os primeiros a aproveitar sua hospitalidade chegaram há mais de cem anos, e ficavam nos entornos das nascentes do rancho John Cross. Esse seria o primeiro de dezenas de balneários que seriam construídos em volta dos lençóis freáticos aquecidos que rompem a superfície dessa cidade de menos de 8 mil pessoas. A comunidade inteira foi construída em volta desse fenômeno natural. Qualquer um que quisesse saber a importância disso para a economia local só precisava olhar o nome original da cidade: Hot Springs. A cidade se tornou Truth or Consequences em 1950, quando um popular programa de rádio sobre perguntas e respostas ofereceu fazer uma transmissão ao vivo na primeira cidade que fosse renomeada com o nome do programa: eram certamente tempos mais divertidos.

O primeiro indicador dos crimes de David Parker Ray veio em 26 de julho de 1996, quando o escritório do xerife de Truth or Consequences recebeu a ligação de um jovem fuzileiro naval. No dia anterior, ele discutiu com sua esposa, Kelly Van Cleave, e ele não a viu ou ouviu falar dela desde então; o marido ansioso só recebeu conselhos.

Sua esposa havia sumido há tão pouco tempo que não podia ser considerada uma pessoa desaparecida. Baseado em sua experiência prévia, o escritório do xerife tinha todos os motivos para acreditar que Kelly apareceria.

De fato, a mulher do jovem apareceu no dia seguinte. Ela foi trazida por um empregado do Parque Estadual Elephant Butte, vizinho à cidade, onde ela foi encontrada vagando em um estado atordoado e de maneira confusa.

Ela só podia dar conta de algumas das muitas horas que passou desaparecida: depois da briga com o marido, ela se lembra de ter ido à casa de uma amiga. Isso foi seguido de idas a diversos bares, sendo o último deles o Blue Waters Saloon; foi lá que Kelly pediu uma cerveja, sua primeira bebida da noite.

Ela rapidamente começou a se sentir tonta: uma sensação não tão diferente de estar bêbada, mas havia algo errado. Kelly se lembrava de pouco do que aconteceu desse ponto em diante, mas tinha certeza que sua amiga, Jesse Ray, tinha lhe oferecido ajuda. Essas horas em que ficou ausente levaram seu casamento ao fim: seu marido não aceitou seu desaparecimento, uma vez que a explicação dada por ela envolvia a falta de memória das horas em que esteve desaparecida.

Pesadelos

Jesse Ray poderia ajudar, mas ela não era encontrada. Kelly rapidamente saiu de Truth or Consequences, para nunca mais voltar, e nunca mais veria Jesse de novo.

Agora separada, Kelly começou a sofrer de pesadelos. As horripilantes imagens eram notavelmente consistentes – ela se via sendo amarrada a uma mesa, sendo amordaçada com fita adesiva e tendo uma faca contra seu pescoço. Nenhuma dessas imagens parecia fazer sentido, então Kelly não relatou essas estranhas experiências para as autoridades. Tudo que o escritório do xerife de Truth or Consequences

Parque Estadual Elephant Butte: Kelly Cleave desapareceu e foi encontrada vagando, em um estado atordoado e confuso, perto desse local.

tinha registrado era, aparentemente, uma ligação trivial de um marido desconfiado. Eles não tinham ideia de que a mulher que entrou no escritório em 7 de julho de 1997 estava trazendo informações relacionadas ao desaparecimento de Kelly.

A mulher veio relatar que não tinha notícias da filha de 22 anos, Marie Parker, havia muitos dias. Dessa vez, haveria uma investigação: em uma cidade tão pequena, não era difícil acompanhar os movimentos da jovem. Marie foi vista pela última vez em 5 de julho, no Blue Waters Saloon, e estava bebendo com Jesse Ray. Jesse contou às autoridades que Marie estava bebendo bastante, e que ela a levou para casa, mas que não a tinha visto desde então.

Mas Jesse não tinha sido a única pessoa com a qual Marie estava bebendo na noite de seu desaparecimento. Roy Yancy, ex-namorado dela, também estava bebendo no Blue Waters Saloon: um rapaz nascido e criado em Truth or Consequences, cujo passado certamente não era motivo de orgulho para sua comunidade.

Quando criança, ele fazia parte de uma gangue que vagava por Truth or Consequences estrangulando gatos, envenenando cachorros e derrubando lápides, o que causou o cancelamento das festividades do Dia das Bruxas naquele ano. Além disso, ele recebeu uma dispensa desonrosa da marinha.

Marie podia ter estado junto a pessoas repulsivas, mas o xerife de Truth or Consequences não notou nada de incomum em seu desaparecimento. Afinal, a cidade era conhecida por sua população em constante trânsito; eles estavam prontos para admitir qualquer vaga memória de uma garota que aceitou carona para fora da cidade, era uma típica história.

Mais ou menos nessa época, uma nova mulher chegou à pequena cidade. O histórico de Cindy Hendy não era nada invejável: uma

A polícia afirma que David Parker Ray pode ter matado até 60 pessoas na pequena cidade de Truth or Consequences.

vítima de abuso sexual, ela foi molestada por seu padrasto antes de ser largada na rua aos 11 anos. Cindy tinha sido mãe na adolescência, mas só no que se refere ao ato de dar à luz – uma vez que outras pessoas se encarregaram de criar sua filha. Quando chegou em Truth or Consequences, Cindy estava fugindo de uma acusação relacionada a drogas. Alguns meses antes, ela havia fornecido cocaína a um policial à paisana. Ela era uma mulher violenta e de pavio curto, então não demorou muito para que fosse para a cadeia local. Dias depois, foi enviada ao lago Elephant Butte em um programa para ressocialização dos presos por meio do trabalho. Foi lá que ela conheceu David Parker Ray, o pai de sua amiga Jesse.

Ele era um homem quieto, mas facilmente acessível e amigável, apesar de ter sido uma criança abandonada: não era amado pela mãe e só via seu pai, bêbado, em visitas esporádicas que fazia. Nessas visitas do pai, invariavelmente, ele deixava para trás uma sacola com revistas pornográficas que retratavam atos sadomasoquistas. Sua vida adulta foi de muitos trabalhos e casamentos; ele viveu como transeunte antes de 1984, quando se estabeleceu com sua quarta esposa em Elephant Butte, depois de comprar um bangalô deteriorado em uma pequena propriedade. Ray os sustentava trabalhando como reparador de motores de avião.

Em 1995, sua esposa o havia deixado. A quarta senhora Ray seria a última, mas não seria sua última companheira. Em janeiro de 1999, Cindy Hendy se mudou para o bangalô de Ray. Pouco importava o fato de ele ser 20 anos mais velho que ela, porque a mulher de 38 anos tinha encontrado sua alma gêmea – alguém que, como ela, tivesse obsessão com sexo sadomasoquista.

A recém-chegada solitária

Cindy estava vivendo com Ray havia apenas um mês quando, em 16 de fevereiro, ela convidou Angie Montano para lhe visitar. Angie, uma mãe solteira, era nova em Truth or Consequences, e estava ansiosa por fazer amigos. Ela tinha ido ao lugar errado, porque teve seus olhos vendados, foi amarrada a uma cama e abusada sexualmente. O gosto sádico de Ray e Cindy ia além do estupro: Angie ficou chocada ao ver alguns instrumentos para tocar gado e outros vários que Ray tinha feito por conta própria. Após cinco

> Cindy estava prestes a se tornar avó e fez planos para estar presente no nascimento, mas antes de ir, ela precisava encontrar uma escrava sexual para Ray.

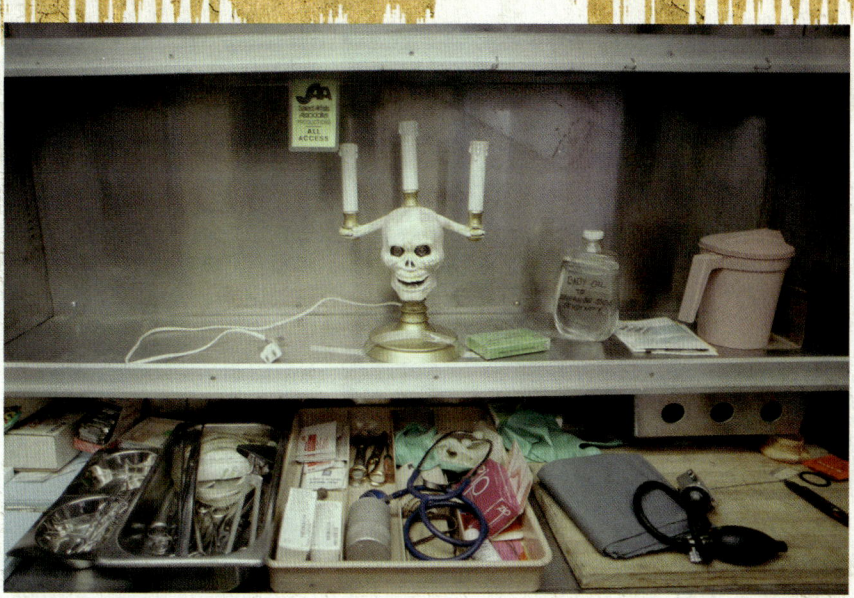

A "Caixa de Brinquedos", um trailer de tortura móvel, era o orgulho e a alegria de Ray – ele investiu 100 mil dólares nela.

dias, Angie conseguiu que Ray concordasse em soltá-la. Ele a levou à estrada mais próxima e a deixou lá. Por sorte, ela foi resgatada por um policial à paisana que passava pelo local. Angie contou sua história, mas não concordou em fazer um relatório oficial da ocorrência. Da mesma maneira que Kelly Van Cleave fez quatro anos antes, Angie deixou Truth or Consequences para nunca mais voltar.

Mesmo com os ataques a Angie Montano acontecendo, a cabeça de Cindy parecia às vezes estar em outro lugar. Apesar de o seu 39º aniversário ter acabado de acontecer, ela estava prestes a se tornar avó. Ela planejou estar presente no nascimento na sua cidade natal, Monroe, Washington, mas antes de ir, ela precisava encontrar uma escrava sexual para Ray, alguém que satisfizesse suas necessidades na ausência dela.

Em 18 de março, eles dirigiram pelas ruas de Albuquerque no *trailer* de Ray, onde encontraram Cynthia Vigil. Ela era uma prostituta, então não foi difícil que conseguissem que ela entrasse no veículo, bem como dominar a jovem de 22 anos. Depois de ter sido amarrada, Cynthia foi levada para o bangalô de Elephant Butte, onde foi encoleirada, acorrentada, vendada e amordaçada. Uma fita foi então tocada para ela, e a voz era de Ray.

"Olá, piranha. Bem, essa fita está sendo tocada de novo, então isso significa que eu peguei mais uma puta. E aposto que você deve estar pensando que diabos está acontecendo aqui."

Essas foram apenas as primeiras frases de uma gravação que durava mais de cinco minutos. Ray continuou descrevendo como ele e sua "amiga"

A Polícia Estadual do Novo México mostrou a mesa ginecológica que Ray construiu.

iriam estuprar e torturar quem ouvia.

"A mordaça é necessária", ele explicou, "porque depois de algum tempo você vai gritar bastante."

Fiéis ao que foi dito na fita, Ray e Cindy torturaram e estupraram a prostituta pelos próximos três dias. Os ataques não tiveram qualquer efeito no trabalho de Ray: no começo do quarto dia, ele vestiu seu uniforme do parque estadual e dirigiu. Cindy ficou encarregada de manter a vítima deles sob controle, mas a "amiga" não estava apta para a tarefa, na verdade, ela era bastante desleixada.

Quando Cindy deixou o quarto para preparar sanduíches de atum, a jovem prostituta notou que seu sequestrador tinha deixado a chave de suas correntes. Depois de se libertar, ela telefonou para o escritório do xerife do condado de Sierra. Antes de começar a falar, Cindy voltou ao quarto com uma garrafa em mãos: ela bateu na prostituta com violência, cortando-a com o vidro. Cynthia viu um picador de gelo enquanto estava deitada no chão. Ela o pegou rapidamente e apunhalou sua sequestradora na nuca.

Não foi um golpe fatal, mas foi o suficiente para que ela conseguisse sair da casa. Completamente nua, exceto por uma coleira canina e uma corrente, ela correu pela rua poeirenta e sem asfalto. Ela foi vista pelos motoristas de dois carros, mas eles apenas desviaram para evitar a mulher aflita que estava sangrando.

Depois de fugir por mais de um quilômetro, ela chegou a um *trailer*. Ao passar pela porta, caiu aos pés de uma mulher que assistia televisão.

A cena do crime

Alguns minutos depois de sua primeira ligação para a polícia, o escritório do xerife do condado de Sierra recebeu a segunda chamada. Quando as autoridades chegaram ao *trailer*, eles ouviram a assustadora história de tortura e estupro. Enquanto Cynthia Vigil estava sendo transportada para o hospital local, o departamento do xerife decidiu contatar a polícia estadual.

Mais de uma dúzia de policiais foram ao bangalô de Ray, para constatar que Cindy tinha fugido.

A casa estava bagunçada, com o piso repleto de lixo. Se havia alguma coisa em ordem, eram os instrumentos de tortura de Ray, que estavam colocados em ganchos pendurados nas paredes de vários cômodos da casa. Sua biblioteca incluía livros sobre Satanismo, tortura e pornografia violenta. Havia também numerosos livros sobre medicina, o que pode tê-lo ajudado a consumar suas fantasias.

A caçada agora era por Ray e Cindy, e a busca acabou sendo breve e fácil para a polícia. O casal não tinha fugido – em vez disso, eles estavam dirigindo pelas estradas adjacentes, procurando por sua vítima. Ray e Cindy foram localizados em menos de 15 minutos, a dois quarteirões de sua casa: eles rapidamente admitiram que estavam procurando por Cynthia Vigil, mas também contaram uma explicação inacreditável para suas ações. O sequestro da prostituta tinha sido um ato humanitário, disseram Ray e Cindy. Seu confinamento não foi nada além de um esforço para ajudá-la a vencer o vício de heroína.

A história não enganou ninguém. Ray e Cindy foram presos e levados sob custódia. À medida que a investigação da propriedade de Ray entrou em curso, os agentes de segurança pública estadual perceberam que eles não tinham recursos para lidar com suas descobertas. O tenente Richard Libicer, da Polícia Estadual do Novo México, explicou a situação:

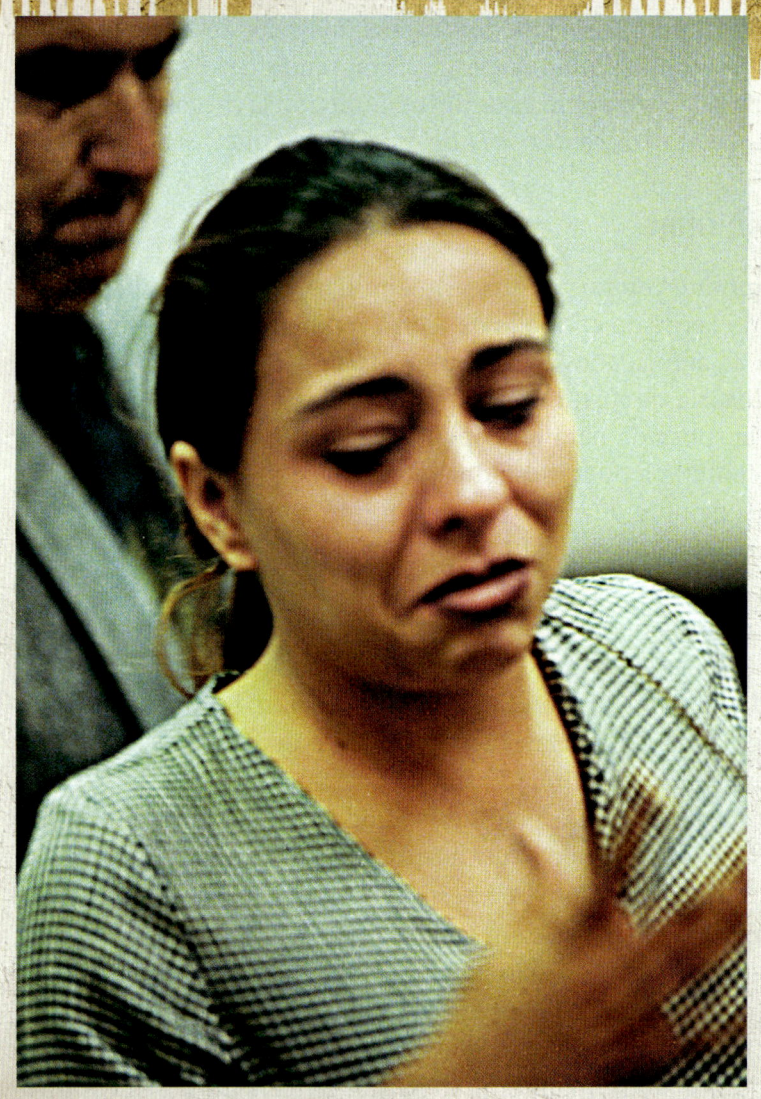

A vítima Cynthia Vigil escapou nua com um colar metálico em volta de seu pescoço.

"Acho que é possível dizer que tudo o que estava dentro daquela casa não era nada que já tínhamos visto – ou topado com –, exceto talvez em algum filme. Era completamente fora do domínio de nossa experiência".

A variedade de algemas, polias e outros instrumentos de tortura no bangalô parecia comum comparado com o que foi descoberto

A Toca do Demônio – David Parker Ray

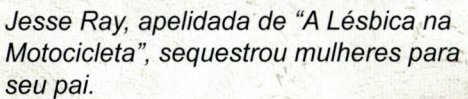

Jesse Ray, apelidada de "A Lésbica na Motocicleta", sequestrou mulheres para seu pai.

Cindy Hendy foi molestada por seu padrasto e estava morando nas ruas aos 11 anos.

dentro de outro veículo trancado que estava parado do lado de fora.

O que Ray descreveu como "Caixa de Brinquedos" continha centenas de instrumentos de tortura. Muitos deles, como uma máquina utilizada para eletrocutar seios, tinham sido desenhados e construídos pelo ex-mecânico. Em meio a esse horror estava uma mesa ginecológica. Câmeras tinham sido instaladas, para que

Sinais de perigo: Colecionava equipamentos de sadismo, os quais ele chamava de "amigos"

Padrão de crimes: Intensificação de sequestros e tortura sexual de mulheres

A descoberta: A fuga de uma vítima, Cynthia Vigil, do cativeiro

Apelo de defesa: "Minha prisão me deu tempo para refletir, ler minha Bíblia e me acertar com Deus."

Condenação: 224 anos de prisão (Ray morreu de ataque cardíaco depois de oito meses)

as mulheres vissem o que estava acontecendo a elas. Ray também filmava seus estupros, incluindo o de Kelly Van Cleave. Ela tinha sido supostamente encontrada vagando por um guarda do parque estadual – mas esse guarda era David Parker Ray.

As fitas foram uma verdadeira revelação. Para começar, elas ligavam Jesse Ray aos crimes de seu pai. As provas do crime contra Kelly foram úteis, mas o depoimento mais contundente foi de Cindy Hendy.

Alguns dias após sua prisão, a mulher de 39 anos delatou seu namorado. Ela disse aos investigadores que Ray vinha raptando e torturando mulheres havia anos. E mais, Ray disse a Cindy que suas fantasias constantemente terminavam em assassinato.

Outras buscas realizadas no lago Elephant Butte e nas imediações não revelaram nada, mas a polícia permaneceu convencida de que Ray tinha matado ao menos uma pessoa. Cindy também confirmou que Jesse tinha participado em alguns dos sequestros, e disse que ela às vezes trabalhava com Roy Yancy.

Núcleo macio

Apesar de sua atitude durona, Roy desmoronou quando preso. Ele disse à polícia que ele e Jesse tinham drogado Marie Parker, a jovem que tinha desaparecido três anos antes. Eles a levaram para Elephant Butte, onde ela foi torturada. Quando Ray se cansou dela, ele disse a Roy para matar a mulher que tinha sido sua namorada.

O corpo nunca foi encontrado.

Roy Yancy foi condenado a 20 anos de prisão por homicídio.

Depois de confessar o sequestro de Kelly Van Cleave e Marie Parker, Jesse Ray recebeu uma condenação de nove anos.

Com a possibilidade de pegar 197 anos de cadeia, Cindy Hendy fez um acordo com os promotores: depois de admitir culpa nos crimes contra Cynthia Vigil, ela recebeu uma condenação de 36 anos, com mais 18 anos de condicional.

Até Ray parecia cooperar com as autoridades, mas só para descrever a elas suas fantasias. Ele negou que tenha sequestrado ou matado qualquer pessoa: qualquer prática sadomasoquista que ele participou tinha sido entre adultos, e de maneira consensual. "Eu tinha prazer vendo as mulheres terem prazer", ele disse a um investigador. "Eu fiz o que elas queriam que eu fizesse."

Ray enfrentou três julgamentos pelos crimes contra Kelly Van Cleave, Cynthia Vigil e Angie Montano. Ele foi condenado no primeiro, mas a caminho do segundo julgamento ele fez um acordo com a promotoria: ele concordou em assumir a culpa em troca da liberdade de Jesse. O caso que tratava de Angie Montano nunca foi ouvido, por ela ter morrido de câncer.

Em 30 de setembro de 2001, David Parker Ray recebeu uma condenação de 224 anos de prisão por seus crimes contra Kelly Van Cleave e Cynthia Vigil. No fim, Ray não cumpriu nem um ano de sua pena: em 28 de maio de 2002, ele sucumbiu em uma cela, vítima de um ataque cardíaco fulminante.

"Satanás tem um lugar para você. Espero que queime no Inferno pela eternidade", gritou a avó de Cynthia Vigil a ele em uma ocasião.

Alguém pode se perguntar se as palavras significariam algo para Ray: as que ele usou para *design*ar sua "Caixa de Brinquedos" eram "A TOCA DO DEMÔNIO".

As Lágrimas de um Torturador

Nome: Cameron Hooker

Data de nascimento: 5 de novembro de 1953

Profissão: Trabalhador em uma serraria

Criação: Tímido, com a infância reprimida

Classificação: Violento, sádico, viciado em pornografia

Número de vítimas: 1

Cameron Hooker

Cameron Hooker parecia ser um rapaz comum. Ele tinha uma aparência meio desajeitada, não era conhecido por sua inteligência, mas também não era estúpido. O máximo que alguém poderia dizer sobre Cameron era que ele era bom com as mãos: essa era uma habilidade que lhe permitiria perseguir suas fantasias sexuais e promover um verdadeiro pesadelo de sete anos para uma azarada jovem.

Cameron nasceu em 1953, na pequena cidade de Alturas, Califórnia, apesar de ele ter passado a maior parte de sua infância na cidade de Red Bluff, um pouco maior que Alturas. Um aluno de pouco destaque, ele começou a trabalhar em uma serraria enquanto ainda estava na escola. Ele gastou muito do dinheiro que ganhou no tipo de pornografia que era produzida para aqueles que tinham uma queda para o sadismo e masoquismo. Cameron manteve suas fantasias secretas até ter 19 anos, quando ele conheceu Janice. Quatro anos mais nova, ela era uma simplória, tímida e insegura garota com pouquíssima experiência do sexo oposto. Cameron acreditava ter encontrado alguém que fosse moldável para satisfazer seus desejos. Depois de um período de encontros polidos, ele apresentou Janice a uma série de atos sexuais violentos, que envolviam servidão, açoitamento e asfixia.

Em 1975, com dois anos de relacionamento, Cameron e Janice se casaram. Entretanto, até mesmo no casamento, ele parecia estar se cansando de sua jovem noiva. Sua natureza submissa não se encaixava bem com suas fantasias. O que Cameron queria era uma escrava sexual. E Janice? Janice queria um bebê.

O jovem casal fez um acordo: Janice podia ter seu filho se Cameron pudesse ter uma escrava sexual. Durante a gravidez de sua esposa, o trabalhador da serraria construiu numerosas caixas de madeira, cada uma das quais foi desenhada para confinar a vítima e abafar seus gritos por socorro. Cameron tomou muitos cuidados com essa preparação, asse-

Janice Hooker sai do tribunal em Red Bluff, Califórnia, depois de prover testemunho.

Colleen Stan ficou aprisionada pelos Hooker por sete anos.

gurando que ninguém podia ver o que acontecia na casa alugada em Red Bluff. Sua dedicação era tamanha que a chegada do filho do casal – do filho de Janice, na verdade – pouco alterou os planos dele. Cameron não podia ser apressado – tudo tinha que ser bem feito.

Alguns meses depois do nascimento de seu filho, Cameron foi buscar sua escrava. Janice foi junto, e é possível afirmar que ela foi usada como isca: quem suspeitaria de uma mulher com um bebê em seus braços?

A mulher que Cameron chamaria de sua escrava era Colleen Stan, uma atraente jovem de 20 anos de Eugene, Oregon. Na manhã de uma quinta-feira, 19 de maio de 1977, ela saiu de casa para visitar uma amiga em Westwood, Califórnia, 800 quilômetros ao sul.

O fato de não ter um carro e possuir pouco dinheiro não preocupava Colleen, porque ela se considerava experiente em pegar caronas. No meio da tarde, a jovem tinha viajado 560 quilômetros, chegando em Red Bluff, a uma hora e meia a oeste de seu destino final. A chegada de Colleen a essa pequena comunidade californiana foi a parte final e mais desafiante de sua viagem. Até esse ponto, ela estava viajando pela carregada Estrada Interestadual 5 (I-5), onde havia muitas caronas, mas agora ela estava na Rota Estadual 36, uma estrada mais vazia, que a levaria para Westwood.

Com o fim da jornada em vista, a experiente viajante continuou demonstrando muita cautela, recusando as duas primeiras caronas oferecidas. O terceiro carro a parar era o Dodge Colt azul de Cameron. Quando ela percebeu que o homem sorridente ao volante estava acompanhado de uma mulher com uma criança, todos os seus medos desapareceram. Mas Colleen começou a ficar constrangida ao perceber que Cameron constantemente a encarava pelo espelho retrovisor.

Em condições normais, esse tipo de aviso a levaria a procurar uma saída; quando o carro parou em um posto de gasolina, Colleen procurou refúgio no toalete e considerou a possibilidade de escapar.

"Uma voz me disse para correr e pular da janela e nunca mais voltar", ela lembrou depois.

Mas havia a mãe e o bebê – seguramente o malicioso jovem não faria nada de mal com eles por perto.

Então Colleen retornou ao carro, sem perceber que ela não teria liberdade por muito tempo. Momentos depois de sair do posto de gasolina, a família Hooker decidiu visitar algumas cavernas de gelo que eram próximas. Cameron entrou em uma estrada de terra com seu Dodge e, depois de vários minutos, parou o carro. A família saiu do carro, mas Cameron retornou, pulou para o banco de trás e apontou uma faca para o pescoço de Colleen. Aterrorizada e temendo a própria morte, ela foi algemada, vendada e amordaçada. Cameron então trancou uma pesada caixa de madeira compensada isolante em torno de sua cabeça.

Depois de Janice e o bebê retornarem ao carro, Cameron retornou ao caminho para Red Bluff com seu troféu – apesar de ter parado para comer *fast-food* no caminho.

Uma vez em casa, Cameron levou Colleen para o porão, onde ele a amarrou pelos pulsos antes de tirar suas roupas e açoitá-la.

E onde estava Janice em meio a tudo isso? Presumivelmente acima, na casa com o bebê – embora ela tenha ido ao porão para fazer sexo com seu marido enquanto Colleen permanecia pendurada diante deles. Depois de o casal terminar, Cameron soltou os pulsos de Colleen e a forçou a entrar em uma caixa em forma de caixão. Aí, ele trancou a pequena caixa de madeira compensada em torno de sua cabeça antes de sair.

O horror inicial pelo qual Colleen passou marcou o começo de uma rotina que consistia de chicotadas, surras, asfixia, queimaduras e choques.

Quando ela não estava sendo sujeita a essas torturas, Colleen era acorrentada na maior das duas caixas. Finalmente Cameron construiu uma pequena cela sob a escada do porão, onde colocava sua escrava para trabalhar, tirando a casca de nozes e fazendo outros trabalhos servis.

Um contrato estranho

Depois de passados sete meses, a Colleen foi apresentado um contrato afirmando que ela tinha concordado em se tornar escrava de Cameron. Embora fosse apenas um papel sem valor legal, o documento marcou o início da intensificação do pesadelo de Colleen. Depois de ele a ter forçado a assinar o papel, Cameron contou-lhe que ela tinha sido registrada em uma instituição chamada "Companhia de Escravos". Tratava-se de uma organização poderosa, ele alegou, cujos trabalhadores tinham a casa sob constante vigilância. Qualquer ato de desobediência certamente significaria morte para os parentes de Colleen, ele disse.

Por ela ter assinado o contrato, Colleen – *design*ada como "K" – teve acesso ao resto da casa dos Hooker. Isso não significava nada em termos de liberdade. Em vez disso, ela era agora encarregada dos afazeres domésticos. Cameron continuou a torturá-la, e ele frequentemente interrompia suas atividades para açoitá-la.

As coisas tornaram-se mais dramáticas quando Cameron levou Colleen para a suíte principal. No entanto, qualquer esperança de ter um *ménage* à *trois* foi destruída quando Janice recusou-se a participar.

Uma equipe de televisão visita a casa móvel onde os Hooker moraram.

Entretanto, Cameron estuprou Colleen depois de sua esposa sair do leito conjugal.

Quando a família se mudou para uma casa móvel em terras recém-adquiridas por Cameron próximo a Red Bluff, as coisas mudaram mais uma vez. Tendo perdido seu porão, Cameron mantinha Colleen cativa em uma nova caixa, que deslizava por sob seu colchão d'água. Enquanto Colleen permanecia deitada em sua caixa, a concepção e o nascimento do segundo filho dos Hooker acontecia ruidosamente sobre ela.

Apesar de Colleen ter passado mais tempo na caixa embaixo da cama do que na caixa em forma de caixão na casa anterior, ela agora podia sair da casa. Ela tinha contato com vizinhos e até saía para correr: era só o medo da Companhia de Escravos e o que ela podia fazer com sua família que a impediam de escapar.

Testemunhando tais exemplos de servidão, a confiança de Cameron aumentou e suas fantasias mudaram. Em 1980, durante o quarto ano de cativeiro, ele mandou sua esposa e sua escrava a um bar para que pegassem homens. Quando Colleen não estava tomando conta dos filhos dos Hooker, ela era mandada para as ruas de Reno e outras comunidades para pedir dinheiro. O movimento mais audacioso de Cameron aconteceu quando ele pediu à sua escrava que escrevesse cartas para suas três irmãs – os primeiros indícios de que Colleen estava viva. Animado, ele permitiu uma ligação telefônica e, por fim, deixou que ela visitasse seus pais divorciados no sul da Califórnia.

Em 20 de março de 1981, Colleen, magra e com aparência cansada, foi deixada na casa de seu pai.

Ela estava desaparecida havia quase quatro anos: foi uma visita agradável, mas tensa. Pouco foi dito, porque a família dela teve o cuidado de não afugentá-la. Na manhã seguinte, pouco depois de ter ido à igreja com sua mãe, Colleen foi buscada por Cameron – ou "Mike", como ele se intitulava. Era o nome que ele tinha usado três anos antes no contrato de escravidão.

De volta ao início

A volta de Colleen à casa móvel em Red Bluff marcou outra mudança das circunstâncias. Em vários sentidos, tratou-se de um retorno ao tratamento que ela conhecia nos primeiros anos de seu cativeiro. Cameron se preocupava muito menos com ela e as torturas tornaram-se menos frequentes.

Os dias de Colleen eram passados quase inteiros na caixa embaixo da cama dos Hooker. Desprovida de exercícios físicos e da luz solar, seu cabelo começou a cair e ela perdeu peso.

Ela ouviu quando Cameron falou com Janice sobre a aquisição de outra escrava – talvez mais de uma. Cameron passou boa parte do verão de 1983 cavando um buraco próximo à casa, para que um calabouço fosse construído. Depois de ter instalado o piso e as paredes, ele se tornou a casa de Colleen. Entretanto, essa câmara subterrânea logo inundou, então Colleen retornou à caixa.

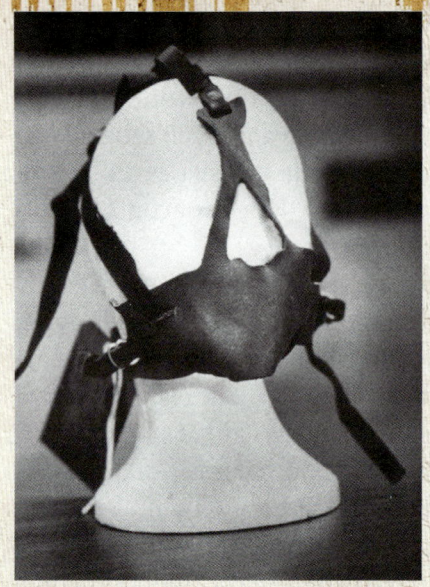

Esse arreio de couro para face entrou como prova no tribunal.

Depois dessa experiência frustrada, Cameron chegou à conclusão de que precisava mudar para um lugar maior antes de raptar mais escravas. De maneira a alcançar suas metas, ele mandou Colleen para trabalhar no motel King's Lodge. A jovem permaneceu obediente, não contando aos seus colegas sobre sua situação. Ainda assim, foi no motel que as correntes que prendiam Colleen começaram a se soltar. Em 9 de agosto de 1984, ela foi pega no trabalho por Janice. A viagem para casa não teve nada de corriqueiro: Janice disse a Colleen que não existia a Companhia dos Escravos, ninguém estava vigiando a casa, e que o contrato era falso. Em poucas palavras, cada ameaça que Cameron tinha usado para mantê-la em servidão era mentira.

Virada de mesa

Naquela noite, as duas mulheres planejaram a fuga de Colleen. Na manhã seguinte, ela estava em um ônibus para o sul da Califórnia, tendo conseguido dinheiro com seu pai. Antes de sair de Red Bluff, ela telefonou para Cameron da rodoviária. Ele chorou quando ela disse a ele que o tinha deixado. Haveria mais ligações por vir.

A inquilina Betty Hayes demonstra onde Colleen foi aprisionada.

Embora Colleen não tivesse dito nada a ninguém sobre seu suplício de sete anos, ela não podia simplesmente deixar os Hooker para trás. Não demorou muito para que ela ligasse para Janice regularmente. Ela fez um total de 29 ligações, nas quais ela encorajava Janice a deixar Cameron. Colleen foi ficando mais corajosa desde que descobriu a verdade sobre a Companhia de Escravos e ela desafiava Cameron quando ele atendia o telefone. Em lágrimas, ele suplicava que ela voltasse; houve uma virada de mesa.

Depois de uma tentativa frustrada, Janice conseguiu deixar seu marido, depois de fazer uma confissão completa ao pastor de sua igreja, o Pastor Dabney, que então ligou para a polícia. Em 18 de novembro, o casal Hooker foi preso. Ainda assim, haveria apenas um julgamento: isso porque a Janice foi dada imunidade total em troca de sua concordância em testemunhar contra seu marido. O caso demorou mais dez meses para ser julgado. Ele testemunhou em seu próprio favor, argumentando que todos os atos sexuais com Colleen foram consensuais. Em 28 de outubro de 1985, Cameron Hooker foi condenado por sequestro, estupro e outros oito crimes. Ele foi sentenciado a um total de 104 anos de prisão.

Sinais de perigo: Quando estava namorando sua esposa Janice, ele a amarrava e a suspendia de uma árvore e a surrava

Padrão de crimes: As fantasias sádicas e ritualísticas de Hooker se tornaram também uma preocupação de sua inicialmente obediente mulher, Janice

A descoberta: Delatado à polícia por um pastor local depois da confissão da esposa

Condenação: 104 anos de prisão

O Banquete da Assassina

Nome: Katherine Knight

Data de nascimento: 24 de outubro de 1955

Profissão: Funcionária de matadouro

Criação: Abusada sexualmente por membros da família; seu pai era alcoólatra

Condenações anteriores: Presa por deixar seu bebê em um trilho de trem; manteve reféns com uma faca

Número de vítimas: 1

Katherine Knight

Katherine Knight trabalhou em matadouros australianos, onde ela descobriu um talento para decapitar porcos. Ela usou as mesmas facas de seu trabalho para matar seu marido. John Price foi esfolado e decapitado: porções de suas nádegas foram cortadas do que permaneceu de seu corpo. Tudo isso ocorreu na preparação de um ensopado que ela pretendia servir aos seus filhos. Mas esse não foi um trabalho de uma mulher louca; os tribunais determinaram que ela não sofria de insanidade. Ela planejou o assassinato, sabia que era algo errado, e tinha plena consciência das consequências de suas ações obscuras.

Katherine Mary Knight nasceu em 24 de outubro de 1955 em Tenterfield, Nova Gales do Sul, Austrália, em uma das muitas comunidades em que seu pai, Ken, encontrou um emprego como trabalhador em matadouros.

Foi azar do parceiro de Katherine que ela levaria as habilidades aprendidas em matadouros de volta para casa.

Kath vivia constantemente em trânsito até 1969, quando sua família se estabeleceu em Aberdeen, a 270 quilômetros ao norte de Sydney. A cidade podia ser pequena – com pouco mais de 1.500 habitantes –, mas a família Knight era grande. Com uma irmã gêmea, Kath era uma entre oito filhos.

Uma valentona violenta

Mal alfabetizada, ela não era uma boa estudante. Kath ainda assim deixou uma marca nas escolas que frequentou por ser uma valentona violenta. Aos 16 anos, seguindo os passos de seu pai, seu irmão e sua irmã gêmea, Kath se tornou empregada de um matadouro. No ano seguinte, ela conheceu David Kellett, um motorista de caminhão de 22 anos, e depois foi morar com ele. Eles se casaram em 1974, uma ocasião feliz que foi estragada quando a noiva, desapontada pelo desempenho sexual dele na noite de núpcias, tentou estrangular o noivo.

À medida que a relação progrediu, o abuso da parte dela também. No que pareceu um incidente trivial, Kath queimou todas as roupas de David. No início do casamento, ele chegou ao trabalho com a marca de um ferro de passar roupas em um lado de sua cara. O motorista de caminhão uma vez acordou e viu sua mulher em cima de seu peito segurando uma faca contra seu pescoço.

E ainda assim, ele ficou com Kath tempo o suficiente para ser pai e assistir ao nascimento de sua filha, Melissa, em 1976. Foi uma ocasião alegre em um período perturbador e desagradável.

"Eu nunca levantei um dedo contra ela", disse David, "nem mesmo para autodefesa. Eu só saía". Em dois meses foi isso que ele realmente fez: deixou sua mulher por outra.

Em retaliação, Kath colocou Melissa sobre trilhos de trem minutos antes de um trem que estava programado para passar por ali. O bebê foi descoberto e salvo por um andarilho local, e, incrivelmente, a mãe não sofreu nenhuma consequência negativa.

Kath não teve tanta sorte quando, alguns dias depois, ela desfigurou uma menina de 16 anos com uma faca de açougueiro. Um impasse se sucedeu durante o qual ela manteve um menino refém. Ela foi colocada em um hospital psiquiátrico, sendo solta poucas semanas depois. Houve também uma reunião com David, que se esforçou para salvar o que tinha restado do casamento.

Condenada

A tentativa estava fadada ao fracasso desde o começo. A despeito da medicação e da terapia que ela recebeu, Kath, se demonstrou alguma mudança, tornou-se mais violenta. E, ainda assim, em 1980, o casal teve uma segunda filha, Natasha.

Teria sido compreensível se David tivesse se afastado mais uma vez, mas foi Kath quem terminou seu relacionamento. Ele voltou à casa um dia para encontrá-la despojada de seus pertences e com a ausência de Kath, Melissa e Natasha.

Em 1986, ela começou a sair com um homem chamado Dave Saunders, com quem teve uma filha, Sarah, no ano seguinte. Kath brevemente saiu do matadouro, alegando uma contusão nas costas. Com a assistência de Dave e a ajuda de um pacote de compensação,

> *Ainda mais perturbante, Kath pegou um dos cachorros de Dave, um filhote de oito meses, e, assegurando que ele estava assistindo, matou o animal cortando-lhe a garganta.*

ela comprou uma casa deteriorada em uma das áreas mais indesejáveis da cidade, e, colocando as preocupações com a saúde de lado, começou a reformar e decorar sua casa. O gosto de Kath era bastante incomum: peles de vaca, chifres de bezerros, um filhote de veado empalhado, armadilhas de animais enferrujadas e uma foice, pendurada por uma corda acima do sofá. O padrão da vida de Kath também não havia mudado: ela cortava as roupas de seu namorado, vandalizava seu carro, batia nele com um ferro, apunhalava-o com tesouras e surrava-o com uma frigideira até que ele estivesse inconsciente. Ainda mais perturbante, Kath pegou um dos cachorros de Dave, um filhote de oito meses, e, assegurando que ele estava assistindo, matou o animal cortando-lhe a garganta.

À medida que sua relação estava chegando ao fim, Kath tomou uma overdose de barbitúricos e terminou em outro hospital psiquiátrico. E, ainda assim, de alguma maneira, ela conseguiu obter uma medida cautelar, que mantinha Dave afastado dela e da filha deles.

Em maio de 1990, Kath estava com outro homem. John Chillington, um taxista, tornou-se outra vítima do abuso dela. Ela destroçou os óculos dele tirando-os de sua cara e destruiu seus dentes postiços. A despeito do drama, o casal teve, em 1991, um filho, Eric.

Em 1994, Kath abandonou John para ficar com seu último parceiro, John Charles Price, conhecido como "Pricey". Ele era um homem admirado; mesmo sua ex-esposa, com quem ele teve quatro filhos, falava dele de forma radiante.

Depois de pouco mais de um ano juntos, Kath abandonou a sua casa inferior, e de decoração de gosto duvidoso, pelo bangalô melhor construído e de gosto mais refinado de Pricey. Mesmo antes de se mudar, o relacionamento entre eles já tinha tomado um rumo nefasto. O casal tinha sido visto brigando – comportamento típico de Kath, mas bastante inapropriado para Pricey.

John Price (o segundo a partir da esquerda) e sua primeira família, em tempos mais felizes.

Frustrada pela recusa de Pricey em se casar com ela, Kath presenteou os empregadores dele com uma fita que continha filmagens de itens que supostamente tinham sido roubados do emprego dele. Esses bens que foram mostrados estavam todos com a data de validade vencida, e foram provavelmente tirados do lixo. Pricey foi despedido – um fim abrupto para 17 anos de serviço dedicado. Kath e Pricey romperam seu relacionamento, mas em alguns meses estavam juntos de novo.

Incapaz de ler ou escrever, as opções de emprego de Pricey eram bastante limitadas. Pricey afundou-se na bebida por algum tempo, até que, por sorte, ele encontrou um emprego na Bowditch and Partners Earthmoving. Isso era exatamente o que ele precisava: em um ano, ele foi promovido a supervisor.

Ele começou a compartilhar alguns elementos de sua doente relação com os colegas de trabalho, dizendo a eles que Kath tinha um histórico de violência e que ele queria que ela saísse de casa. Pricey também alegou que sua mulher podia dar um soco tão bem quanto qualquer homem vivo e que ela uma vez o caçou armada com uma faca. As histórias de Pricey estavam em desacordo com a mulher conhecida por seus colegas: a Kath que eles conheciam poderia até ser

Victims... John Price (above, left) with his son Johnathon. Right: Price's house and the scene of the gruesome supper (below)

John Price, visto aqui com seu filho Johnathon, era um produto típico de uma pequena cidade do interior australiano – um trabalhador confiável que tinha amor a cerveja e cigarros.

uma mulher ímpar, mas para alguém de fora ela parecia agradável o suficiente. No começo do ano 2000, Pricey começou a esforçar-se para externar suas preocupações.

Em 21 de fevereiro, ele foi forçado a sair de casa depois de Kath ter empunhado uma faca após uma discussão. Apesar de alguns amigos de Pricey o terem encorajado a deixá-la, ele sentia a necessidade de ficar para proteger as crianças. Oito dias depois, durante sua pausa do trabalho, Pricey foi ao juiz local. Ele temia por sua vida e mostrou um ferimento que ele tinha recebido quando Kath o esfaqueou. Depois de retornar ao trabalho, seu chefe lhe ofereceu um lugar para ficar, mas Pricey recusou.

Premonição misteriosa

Um vídeo familiar, filmado algumas horas depois, capta Katherine cantando músicas infantis para seus filhos. Sua única neta estava sentada em seu colo. Parecia uma performance fora de contexto, completada pela seguinte mensagem: "Eu amo todos os meus filhos, e espero vê-los mais uma vez". Depois, a câmera foi desligada, ela e os filhos desfrutaram do jantar em um restaurante chinês. Mais uma vez, parecia haver algo fora do comum. Kath disse aos filhos: "Eu quero que seja uma coisa especial".

Com 20 anos, Natasha tinha uma ideia vaga do mal-estar sobre o significado do comportamento incomum de sua mãe. Quando sua mãe estava saindo de casa para encontrar Pricey, ela disse: "Espero que você não esteja indo matar Pricey e se matar".

Mais tarde, Kath alegou não ter lembranças dessa noite depois de ter assistido *Star Trek* na casa de Pricey.

Muito do que agora é sabido é baseado nas evidências forenses que foram coletadas na cena do crime. É sabido que Kath, em algum momento, vestiu-se com uma camisola preta comprada em uma loja de caridade local. É muito provável que ela estava vestindo a frágil vestimenta quando eles fizeram sexo – e é certo que ela estava vestindo a camisola quando começou a esfaquear Pricey. O homem ferido conseguiu sair pela porta da frente antes de ser arrastado de volta para dentro da casa, onde o esfaqueamento continuou. O médico-legista determinou que Pricey levou ao menos 37 facadas, destruindo quase todos os seus órgãos internos.

Quando Kath começou a esfolá-lo, decapitá-lo e destrinchá-lo é algo desconhecido, apesar de câmeras terem conseguido gravar seus movimentos às 2h30, quando ela fez um saque de um caixa-eletrônico.

Foi na Bowditch and Partners que as primeiras preocupações com Pricey foram levantadas. A dedicação e confiabilidade do funcionário eram tamanhas que às 7h45 seu chefe ligou para a polícia para relatar que ele ainda não havia chegado ao trabalho.

As autoridades visitaram o bangalô de Pricey, arrombaram a porta e encontraram sua pele pendurada no corredor. O cadáver decapitado estava deitado na sala de estar; sua cabeça estava em uma panela, com água fervente no fogão da cozinha.

A sala de jantar tinha duas porções de comida, constituídas de batata, moranga, abobrinha, repolho, abóbora e partes generosas do cadáver cozido.

Cartões indicaram que as porções eram destinadas aos filhos de Pricey. Anotações praticamente ininteligíveis contendo alegações sem fundamentos foram endereçadas às crianças. Tendo tomado uma suave overdose, a autora, Kath, estava deitada em um estado de semicoma na cama que ela e Pricey um dia dividiram.

Em outubro de 2001, Kath admitiu sua culpa na morte de Pricey. No mês seguinte, ela foi a primeira mulher da Austrália a receber uma condenação a prisão perpétua sem possibilidade de liberdade condicional. A especulação sobre se ela comeu alguma parte da refeição preparada com o corpo de Pricey continua.

Sinais de perigo: Golpeou um namorado com uma frigideira até este estar inconsciente, e depois cortou a garganta de um filhote de cachorro na sua frente

Padrão de crimes: Esfaqueou o peito de Pricey e se tornou cada vez mais vingativa em relação a ele

O resumo do juiz: "Esse foi um crime aterrorizante, quase além da reflexão em uma sociedade civilizada."

Condenação: Prisão perpétua (nunca será libertada)

Vingando-se da Mamãe

Nome: Ed Kemper
Data de nascimento: 18 de dezembro de 1948
Profissão: Trabalhador do Departamento Estadual de Estradas
Apelido: "O Assassino de Estudantes"
Criação: Uma relação deteriorada com sua mãe, que o diminuía constantemente; fugiu de casa quando adolescente para visitar seu pai distanciado, que o rejeitou
Descrição: Diagnosticado com "um distúrbio de personalidade, do tipo passivo-agressivo"; QI de 136; altura mais de dois metros
Condenações anteriores: Mandado para o hospital estadual de Atascadero por atirar em seus avós aos 14 anos – ele disse que queria descobrir "o que sentiria se atirasse na vovó"
Número de vítimas: 10

Ed Kemper

É dito muitas vezes que os *serial killers* desejam ser pegos. Crescente negligência, riscos desnecessários, insultos e cartas reveladoras enviadas a autoridades são constantemente citados enquanto provas disso. Em última análise, não é possível saber. De qualquer forma, pode-se afirmar categoricamente que Edmund Kemper, o "Assassino de Estudantes", queria ser pego, e isso se deve ao fato de ele ter voluntariamente se entregado às autoridades.

Edmund Emil Kemper III nasceu em 18 de dezembro de 1948 em Burbank, Califórnia, a casa da Walt Disney Company e da Warner Brothers. Como único filho homem, ele tinha uma irmã mais velha e uma mais nova. Kemper foi nomeado em homenagem a seu pai, de quem ele era muito próximo. Em 1957, seus pais se divorciaram, e sua mãe mudou-se com as crianças para Helena, Montana. Lá, quase 2 mil quilômetros distante de seu pai, Kemper sofria do abuso emocional feito por sua mãe: ela frequentemente o trancava no porão, pensando que ele molestaria suas irmãs. Ainda quando criança, ele começou a torturar e matar animais, e usava as bonecas de suas irmãs em simulações de situações e fantasias sexuais dignas de uma aberração. Em mais de uma ocasião, sua irmã mais nova encontrou suas bonecas decapitadas. Em seu jogo infantil favorito, Kemper sonhava com sua própria execução, alistando uma de suas irmãs para levá-lo a uma pretensa cadeira elétrica.

Rejeitado

Quando tinha 13 anos, ele fugiu de casa e foi de volta para a Califórnia. Seu pai, que tinha se casado novamente, não estava feliz em vê-lo. Foi durante a viagem que Kemper descobriu que tinha um meio-irmão – um menino que o substituiu na afeição de seu pai. Ele foi mandado de volta para Montana, onde ele era igualmente indesejado.

Aos 14 anos, ele foi mandado para viver com os avós paternos, Maude e Edmund Kemper, em seu rancho de 17 acres em North Fork, Califórnia. A despeito de sua altura, ele era facilmente acossado por valentões na escola. De acordo com Kemper, sua avó era outra em uma grande lista de atormentadores. Na tarde de 27 de agosto de 1964, os dois discutiram, e, usando o rifle dado a ele por seu avô no Natal anterior, Kemper atirou em sua avó, uma vez na cabeça e duas nas costas. Foi um ato impulsivo.

Seu avô chegou em casa e foi alvejado assim que saiu de seu carro. Kemper depois diria que ele matou seu avô para poupá-lo de descobrir o cadáver de sua esposa, assassinada por seu neto.

Depois de telefonar para contar à sua mãe o que havia feito, Kemper chamou a polícia e esperou na varanda por sua chegada. Sob custódia, ele foi diagnosticado como tendo esquizofrenia paranoica e foi mandado ao hospital estadual de Atascadero para criminosos.

No seu 21º aniversário, em 18 de dezembro de 1969, contra o desejo de diversos psiquiatras, Kemper foi solto sob os cuidados de

A vítima Aiko Koo decidiu pegar carona depois de ficar cansada de esperar um ônibus.

Kemper sendo acusado em 1973.

sua mãe. Ela tinha se mudado de volta para a Califórnia durante o encarceramento de seu filho, e agora vivia em Santa Cruz. Kemper frequentou uma faculdade, onde obteve notas altas. Ele se tornou amigo de vários membros do Departamento de Polícia de Santa Cruz. Por algum tempo ele planejou ser policial, um sonho que terminou lhe quando foi dito que ele era muito alto. Com mais de dois metros de altura, e pesando quase 136 quilos, Kemper era uma figura imponente.

Ele trabalhou em numerosos locais antes de se estabelecer em uma posição de operário da Divisão de Estradas da Califórnia. Kemper não tinha habilidade com dinheiro, mas ele conseguiu economizar o suficiente para sair da casa de sua mãe e dividir um apartamento com um colega. Ele também comprou uma motocicleta, que teve um papel específico em dois acidentes distintos. Como resultado de um desses acidentes, Kemper ganhou um acordo de 15 mil dólares.

Ele usou esse dinheiro para comprar um Ford Galaxie amarelo, e começou a dirigir pela região da costa do Pacífico procurando mulheres em busca de caronas. De acordo com suas estimativas, ele generosamente proveu caronas a aproximadamente 150 jovens e meninas, enquanto ele reunia itens para propósitos sinistros em seu porta-malas: facas, algemas, um cobertor e sacos plásticos.

Em 7 de maio de 1972, ele pegou suas primeiras vítimas, Mary Ann Pesce e Anita Luchessa, que estavam pegando uma carona de 270 quilômetros entre Fresno e a Universidade de Stanford. No início as garotas consideraram ter tido sorte, pois Kemper disse a elas que iria até Stanford. Entretanto, ele rapidamente saiu da estrada e entrou em uma deserta estrada de terra; lá ele parou, matou as garotas e voltou para a estrada com os corpos delas no porta-malas. Em uma cena que remete a um clichê do cinema, Kemper foi quase descoberto quando dirigia para seu apartamento, pois a polícia mandou que ele encostasse e lhe deu uma advertência por uma lanterna quebrada.

Kemper chegou ao seu apartamento e descobriu que seu colega tinha saído. Ele carregou os corpos, deitou-os no chão e começou a dissecá-los e tirar fotos para registrar seu progresso. Ele depois admitiu que fez sexo com várias partes dos corpos delas. Então descartou os corpos nas montanhas, enterrando o corpo de Pesce em uma cova rasa, que ele marcou para que pudesse encontrá-la em visitas futuras.

Ele continuou dando caronas a mulheres, frequentemente conversando sobre um homem desconhecido que estava matando mulheres que buscavam carona na estrada. Em 14 de setembro, ele estuprou e matou Aiko Koo, uma menina de 15 anos que tinha decidido pegar uma carona depois de ficar cansada de esperar um ônibus. Ela também foi levada ao apartamento e dissecada. No dia seguinte, Kemper esteve diante de dois psiquiatras, como condição para a sua liberdade condicional. A conclusão da entrevista foi que Kemper não era mais um perigo para a sociedade. Depois, ele dispensou o corpo de Koo perto de Boulder Creek.

Intensificação

Nos dois primeiros meses do ano seguinte, ele matou mais três mulheres, duas das quais ele pegou no campus de Santa Cruz da Universidade da Califórnia, onde sua mãe trabalhava; essas mesmas duas mulheres foram desmembradas e decapitadas na casa da mãe dele.

Em 21 de abril de 1973, uma Sexta-Feira Santa, Kemper matou sua mãe com uma picareta enquanto ela dormia. Depois de decapi-

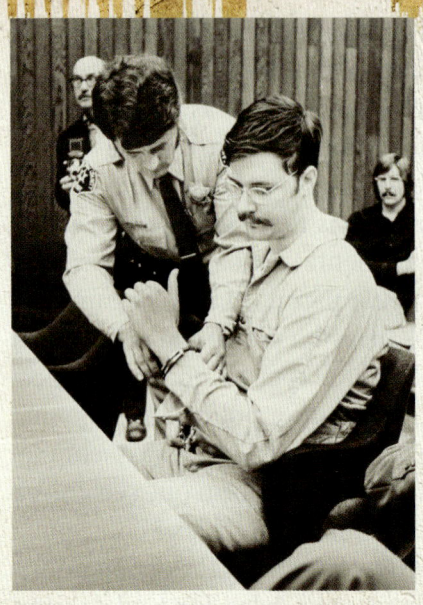

Mesmo no tribunal, era difícil entender o que se passava na cabeça de Kemper.

tá-la, ele estuprou seu cadáver. Ele colocou a cabeça sobre a lareira e a usou como alvo de dardos. Kemper depois convidou uma das amigas de sua mãe, Sally Hallett, que foi estrangulada e decapitada. No domingo de Páscoa, ele dirigiu para o leste no carro de Hallett, e escutou as notícias dos assassinatos que tinha cometido no rádio. Depois de dirigir por 2.400 quilômetros, sem mais ouvir a repercussão de seus crimes, Kemper parou. De um telefone público em Pueblo, Colorado, ele ligou para os seus conhecidos no Departamento de Polícia de Santa Cruz e confessou os assassinatos de sua mãe, da amiga dela e outras seis mulheres para quem ele deu carona. Contudo, o policial que atendeu ao telefone, conhecendo Kemper, não o julgou capaz de cometer esses crimes, considerando a ligação um trote de mau gosto. Outras ligações telefônicas foram necessárias para convencer a polícia de Santa Cruz que era plenamente justificada uma visita à casa da senhora Kemper.

Em 7 de maio de 1973, Kemper foi indiciado por oito acusações de homicídio doloso

Sinais de perigo: Crueldade com animais desde os primeiros anos; quando criança, gostava de encenar sua própria execução de brincadeira

Padrão de crimes: Pegava mulheres em busca de carona, as quais ele estrangulava, esfaqueava ou matava a tiros, e depois estuprava os cadáveres decapitados

A descoberta: Ele se entregou depois de matar sua mãe – ele colocou as cordas vocais dela no lixo... "Isso me pareceu apropriado, por ela ter reclamado e gritado comigo por tantos anos."

Condenação: Prisão perpétua sem possibilidade de liberdade condicional em Vaccaville, onde os criminalmente insanos da Califórnia são mantidos qualificado. Enquanto aguardava por seu julgamento, ele tentou suicidar-se duas vezes. O julgamento começou em 23 de outubro e a alegação de inocência por motivo de insanidade por parte da defesa de Kemper foi rebatida por três psiquiatras que atestaram sua sanidade. No final, ele foi condenado pelos oito assassinatos.

    Ele pediu para ser condenado à morte, mas sua fantasia de infância foi negada. Kemper está atualmente servindo uma pena perpétua nas instalações de correção médica do estado da Califórnia.

O Sedutor

Nome: Jack Unterweger
Data de nascimento: 16 de agosto de 1950
Profissão: Âncora de televisão, romancista e jornalista
Criação: Filho bastardo de um soldado americano e uma prostituta; criado por seu avô alcoólatra
Descrição: Um homem bonito cuja aparência escondia um psicopata sexualmente sádico
Acusações anteriores: Roubo, agressão e assassinato
Número de vítimas: 10 a 15

Jack Unterweger

Jack Unterweger entrou no sistema prisional como um assassino ignorante e emergiu como um autor cultuado. Aclamado em Viena, ele era celebrado e convidado para bailes e estreias – ainda assim, seu verdadeiro interesse era matar prostitutas.

Ele se chamava Johann Unterweger e nasceu em 16 de agosto de 1950, filho de uma prostituta, em Judenburg, Áustria. Ele não conheceu seu pai, e nem mesmo sabia sua identidade. Ainda assim, supunha-se então, como ainda hoje, que ele era provavelmente filho de um soldado americano. Abandonado ao nascer, pelos seus primeiros sete anos ele foi criado em condições de extrema pobreza por um avô alcoólatra em um chalé de um cômodo.

Desde pequeno, Unterweger mostrava um temperamento imprevisível e selvagem. Aos 16 anos, ele foi preso pela primeira vez por agredir uma mulher. Reveladoramente, a vítima de Unterweger era uma prostituta. Outros crimes ocorreram em uma rápida sucessão: ele foi acusado de roubo a carros, assalto a residências e receptação de objetos roubados. Ele também foi acusado de ter forçado uma mulher a se prostituir e de se apropriar do dinheiro advindo disso.

Em 11 de dezembro de 1974, ele e uma prostituta chamada Barbara Scholz roubaram a casa de uma prostituta alemã de 18 anos, chamada Margaret Schäfer. Depois, Schäfer foi levada de carro para uma floresta, onde Unterweger a amarrou e surrou; em seguida, ele tirou as roupas dela e exigiu sexo. Quando ela recusou, ele bateu em sua cabeça com um cano de aço e a estrangulou com seu sutiã. Ele foi rapidamente pego.

Na sua confissão, Unterweger tentou defender suas ações dizendo que era em sua mãe que ele imaginava estar batendo, e não em Margaret Schäfer.

Trancafiado

Unterweger foi condenado à prisão perpétua pelo assassinato. Tendo recebido pouca escolaridade quando criança – ele foi encarcerado ainda analfabeto –, ele acreditava que a prisão poderia provê-lo uma formação. Seu progresso foi dramático: ele rapidamente aprendeu a ler e escrever, e desenvolveu um interesse pelas artes literárias. Em pouco tempo, ele estava escrevendo poesias, peças e contos, bem como editando a revista literária da prisão.

Unterweger gostava de estar sob o foco da imprensa.

Em 1984, seu primeiro livro, uma autobiografia chamada *Fegefeuer – eine Reise ins Zuchthaus* ("Purgatório: uma Jornada pela Penitenciária"), foi publicado com grande aclamação pública e se tornou um sucesso de vendas. Unterweger estava rapidamente dando entrevistas e publicando ensaios e mais livros – sendo bastante conhecido enquanto figura pública, apesar de encarcerado.

Em 1988, sua história de vida – ou parte dela, pelo menos – foi para as

> O corpo de Heidemarie Hammerer foi descoberto na noite de Ano-Novo... ficou evidente que ela tinha sido estrangulada com uma meia-calça.

telas do cinema quando *Fegefeuer* foi filmado. Unterweger tornou-se uma celebridade da causa dos que buscam promover ideias de reformas prisionais, mas suas ações seguintes forçaram muitos a repensar seus conceitos.

Em 23 de maio de 1990, tendo cumprido 15 anos de sua prisão perpétua, Unterweger teve acesso à liberdade condicional. Assim, ele começou uma nova vida envolvendo inaugurações, lançamentos de livros e eventos exclusivos. Belo, articulado e cheio de estilo, Unterweger estava sendo convidado para jantares e programas televisivos. Sua carreira como escritor parecia ter ido de um limite ao outro; ele era procurado por ser jornalista e suas peças estavam sendo apresentadas por toda a Áustria.

Em pouco tempo, como jornalista, ele estava cobrindo o que sabia fazer muito bem: assassinatos. Muito do que ele escrevia era relacionado a numerosas prostitutas que tinham sido assassinadas recentemente. Ele usou bem o seu passado e *status* de celebridade, podendo se mover livremente pelas ruas. Em sua escrita e na televisão, ele repreendia as autoridades por não terem sido capazes de solucionar crimes, afirmando que havia um *serial killer* na Áustria que estava caçando prostitutas.

> Olhando para todas as provas, uma equipe de investigadores de Graz, Bregenz e Viena concluiu que os assassinatos e desaparecimentos não eram trabalho de um serial killer, uma descoberta com a qual Unterweger teve objeções.

A primeira dessas prostitutas, Brunhilde Masser, foi vista pela última vez em 26 de outubro de 1990 nas ruas de Graz. Menos de seis semanas depois, outra prostituta, Heidemarie Hammerer, desapareceu de Bregenz, perto da fronteira com a Alemanha e a Suíça. Seu corpo foi descoberto na noite de Ano-Novo por dois andarilhos. Depois de verem o corpo, ficou evidente que ela tinha sido estrangulada com uma meia-calça. Apesar de estar vestida, ela foi vestida após sua morte. Em 5 de janeiro de 1991, o corpo de Masser foi encontrado nos arredores de Ganz. Apesar de já bastante decomposto, o cadáver revelou que ela também tinha sido estrangulada com uma meia-calça.

Em 7 de março, outra prostituta austríaca, Elfriede Schrempf, desapareceu. A essa altura, as autoridades estavam ficando preocupadíssimas; como a prostituição é um trabalho regulamentado na Áustria, ela traz menos riscos ao país do que em muitas outras nações ocidentais. Em uma média anual, apenas uma prostituta era assassinada no país. Mas, em pouco mais de quatro meses, duas prostitutas tinham sido assassinadas e outra havia desaparecido. O incômodo aumentou quando a família de Schrempf recebeu duas ligações telefônicas nas quais eles foram ameaçados por um homem anônimo. Apesar de ser um número não listado, esse era o número que Schrempf carregava consigo.

Em 5 de outubro, andarilhos descobriram os restos mortais de Schrempf em uma floresta nos arredores de Graz. Em um mês, outras quatro prostitutas desapareceriam das ruas de Viena. Olhando para todas as provas, uma equipe de investigadores de Graz, Bregenz e Viena concluiu que os assassinatos e desaparecimentos não eram trabalho de um *serial killer*, uma descoberta com a qual Unterweger teve objeções.

Outra pessoa que discordou dessas descobertas foi August Schenner. Um ex-investigador de 70 anos, Schenner esteve envolvido na solução do assassinato de Margaret Schäfer em 1974, que resultou no tempo que Unterweger esteve na prisão. Ele notou que Schäfer tinha sido estrangulada, bem como outra prostituta que ele sempre suspeitou que tinha sido morta por Unterweger. E, claro, os assassinatos de prostitutas mais recentes, que foram cometidos por esse meio. Quando os corpos de duas das prostitutas desaparecidas surgiram, ambas estranguladas, as autoridades se convenceram de que de fato estavam lidando com um *serial killer* – e que ele era provavelmente Jack Unterweger.

O autor-celebridade foi colocado sob vigilância por três dias. No quarto dia, ele voou para Los Angeles, onde devia escrever um artigo sobre o crime na cidade para uma revista austríaca. Na sua ausência, a polícia federal austríaca rastreou os movimentos do suspeito desde o momento de sua libertação da prisão. Eles descobriram que ele tinha estado em Graz nas datas em que Brunhilde Masser e Elfriede Schrempf desapareceram; esteve também em Bregenz quando Heidemarie Hammerer foi assassinada e em Viena quando todas as outras quatro prostitutas desapareceram. Eles também descobriram que Unterweger tinha visitado Praga em setembro de 1990. Uma ligação para as autoridades tchecas revelou que eles tinham um assassinato não elucidado de uma jovem, Blanka Bockova, datando dessa época. Quando o corpo foi encontrado, às margens do Rio Vitava, havia um par de meias atadas ao seu pescoço.

Conhecimento especial

Depois de retornar de Los Angeles, Unterweger foi interrogado pelos policiais que investigavam o crime. Um dos policiais já o conhecia, pois ele tinha sido entrevistado pelo autor-celebridade para um dos artigos que ele escreveu sobre os assassinatos. Unterweger negou ter conhecido qualquer uma das prostitutas, dizendo que seu conhecimento dos seus respectivos destinos era limitado ao que ele tinha descoberto por meio do seu trabalho de jornalista. Ele foi liberado por falta de provas. Pouco depois, recomeçou seus ataques, atestando o que chamaria de mau manejo do caso por parte das autoridades.

Em sua caçada por provas, a polícia descobriu que Unterweger tinha vendido seu primeiro carro depois de ter saído da prisão. Com a permissão do novo dono, eles vasculharam o veículo e descobriram um fragmento de cabelo que, por meio de exames de DNA, demonstrou ser de Blanka Bockova.

Com a amostra de cabelo, os investigadores agora tinham o suficiente para obter um mandado de busca e apreensão no apartamento de Unterweger.

Uma ligação para o Departamento de Polícia de Los Angeles trouxe notícias sobre três prostitutas que tinham sido estranguladas durante o período em que Unterweger esteve na cidade.

Quando a polícia austríaca se mexeu para prender Unterweger, eles descobriram que ele tinha deixado a cidade, para viajar com sua namorada, Bianca Mrak, de 18 anos. Na verdade, ele estava fugindo para evitar ser preso. Unterweger conseguiu entrar nos Estados Unidos ao mentir sobre sua acusação de assassinato anterior. Ele se assentou em Miami com Mrak, de onde ele lançou uma campanha contra as autoridades austríacas. No centro de sua luta estava a acusação de que as autoridades austríacas estavam fabricando provas em uma tentativa de incriminá-lo. Contatos de Unterweger com a mídia foram chamados para ter a versão da história dele publicada.

Em 27 de fevereiro de 1992, Unterweger foi preso por agentes federais depois de ter recebido dinheiro que tinham lhe enviado. Eles o prenderam baseados na mentira sobre a acusação de assassinato de 1974, que o fez entrar no país de maneira ilegal. Ele lutou contra a deportação até descobrir que o estado da Califórnia, onde ele era suspeito de matar três prostitutas, tinha a pena de morte.

Em 28 de maio, ele voltou à Áustria. Lá, Unterweger foi submetido a uma lei que lhe permitia ser acusado pelos assassinatos que ele teria cometido dentro e fora das fronteiras do país – 11 no total. Enquanto aguardava o julgamento, Unterweger deu entrevistas e escreveu cartas para a mídia, nas quais ele declarava sua inocência. Ele estava convencido de que o público estava do seu lado. Todavia, a maré já tinha virado há muito tempo; mesmo seus amigos na mídia não acreditavam em sua inocência. Unterweger foi a julgamento em junho de 1994, com a convicção de que sua popularidade e charme ganhariam o júri a seu favor.

Em 29 de junho de 1994, Unterweger descobriu o fim da sua sorte quando foi condenado a nove das 11 acusações de assassinato. Ele foi condenado à prisão perpétua sem liberdade condicional.

Naquela noite, Unterweger utilizou a corda do seu macacão prisional para se enforcar. O nó que ele usou era exatamente o mesmo que ele adotou em suas vítimas.

Sinais de perigo: Seu charme podia ser substituído por súbitos acessos de temperamento violento; tendências misóginas desde jovem

Padrão de crimes: Uma sequência de prostitutas foram assassinadas na Áustria e em países vizinhos com métodos bastante similares

A descoberta: Um ex-investigador notou que novos casos de assassinatos tinham o mesmo *modus operandi* de Jack Unterweger

Condenação: Prisão perpétua sem possibilidade de liberdade condicional (ele cometeu suicídio ao se enforcar menos de 24 horas após o veredito)

Nascido para a Forca

Nome: Carl Panzram

Data de nascimento: 28 de junho de 1891

Profissão: Ladrão profissional e presidiário ao longo de sua vida

Criação: Foi criado em uma fazenda; o pai saiu de casa quando ele tinha 7 anos; tornou-se um alcoólatra na adolescência; entrou em um trem e fugiu de casa aos 14 anos

Descrição: Assassino e estuprador

Condenações: Mandado para o reformatório pela sua família aos 11 anos; cumpriu pena em nove estados dos Estados Unidos, incluindo na prisão de Sing Sing (Nova York)

Número de vítimas: 22

Carl Panzram

À medida que o momento de sua execução estava chegando, quando o *serial killer* Carl Panzram foi questionado se tinha algumas palavras finais, diz-se que ele virou para o seu executor e disse: "Vá logo, seu caipira de merda! Eu poderia matar dez homens enquanto você perde o nosso tempo!". Isso provavelmente não foi um grande exagero.

Muito do que hoje sabemos sobre Panzram vem de sua autobiografia publicada 40 anos depois de sua morte. É um relato articulado e bem escrito sobre sua vida; nada perto do que poderia se esperar de alguém com uma educação formal limitada. O homem que viria a assassinar dezenas de pessoas nasceu filho de um casal de imigrantes vindos da Prússia, em 28 de junho de 1891, em uma fazenda no estado de Minnesota, perto da fronteira canadense. Ele e seus seis irmãos

Compensando uma infância de escassez, Panzram depois adquiriu propriedades no Lower East Side, em Nova York, e comprou um iate no local.

foram criados na pobreza, que se agravou quando seu pai abandonou a família. Esse ato desonroso ocorreu quando Carl Panzram tinha 7 anos. Um ano depois, o menino foi preso pelo crime marcadamente adulto de estar bêbado e causando desordem. Ele brevemente cometeria roubos e, aos 11 anos, foi mandado para a Escola Estadual de Treinamento de Minnesota, uma instituição similar a um reformatório. As posteriores reivindicações de Panzram, que ele apanhava e era abusado sexualmente, são provavelmente verdade; já sobre o seu primeiro assassinato, que ele alega ter ocorrido lá, sendo a vítima um garoto de 12 anos, não pode ser verificada. Em julho de 1905, ele queimou um dos prédios da escola às cinzas. Evidentemente, ele não era um suspeito da destruição, por ter sido solto poucos meses depois.

Assassinato em mente

Ele foi matriculado em outra escola, mas rapidamente entrou em conflito com um dos professores. A controvérsia atingiu tal ponto que Panzram chegou a levar um revólver para a sala de aula, com a intenção de matar o

> Qualquer sentimento de liberdade que o jovem de 14 anos pode ter sentido em sua vida de transeunte provavelmente terminou quando ele foi estuprado por quatro homens. Como vingança, ele sodomizou mais de mil homens e meninos.

professor diante dos colegas. O plano ruiu quando a arma caiu no chão durante uma luta. Ele deixou a escola e a fazenda da família, e começou a "acompanhar os trilhos". Qualquer sentimento de liberdade que o jovem de 14 anos pode ter sentido em sua vida de transeunte provavelmente terminou quando ele foi estuprado por quatro homens. Para o restante de seus 39 anos, Panzram estava enfurecido pela dor e humilhação que sofreu nesse incidente. Como parte de alguma ideia torta de vingança, ele sodomizou mais de mil homens e meninos.

> Na prisão, o jovem de 16 anos foi espancado e acorrentado a uma bola de metal de quase 23 quilos que ele devia carregar. Ele sonhava com sua fuga, mas percebeu que seria impossível...

Poucos meses depois de ter deixado a Escola Estadual de Treinamento de Minnesota, Panzram estava novamente no reformatório, mais uma vez por ter cometido roubo.

Ele escapou em pouco tempo com outro interno chamado Jimmie Benson. Eles permaneceram juntos por um tempo, viajando pelo meio-oeste dos Estados Unidos, causando distúrbios, arrombando casas e roubando igrejas antes de ateá-las em chamas.

Prisioneiros na Penitenciária de Fort Leavenworth, onde Panzram cumpriu pena.

Depois de se separarem, Panzram se juntou ao exército americano. Foi uma escolha profissional estranha, para a qual ele não era afeito. Durante seu breve serviço, ele foi acusado de insubordinação, preso diversas vezes por acusações menores e, finalmente, culpado de três acusações de apropriação indébita. Panzram recebeu um desligamento desonroso do exército e, em 20 de abril de 1908, foi condenado a três anos de trabalhos forçados no Quartel Disciplinar dos Estado Unidos em Fort Leavenworth, Kansas.

Na prisão, o jovem de 16 anos foi espancado e acorrentado a uma bola de metal de quase 23 quilos que ele devia carregar. Ele sonhava com sua fuga, mas percebeu que seria impossível. Foi só depois de cumprir sua sentença de três anos que ele finalmente saiu. Panzram retornou ao seu estilo de vida de andarilho, passando pelos estados do Kansas, Texas, Califórnia, Oregon, Washington, Utah e Idaho. Ele cometeu roubos, incêndios criminais, furtos e estupro. Em sua autobiografia, Panzram diz que gastava todo o seu dinheiro em projéteis e por diversão atirava nas janelas das casas em fazendas e em seus rebanhos.

Outra história envolve um policial ferroviário que Panzram estuprou sob a ameaça de uma arma. Ele forçou dois mendigos a assistir à cena e se entreterem com o ato.

Ele foi preso diversas vezes e cumpriu algumas penas, usando diferentes nomes. Depois de seu segundo encarceramento e escapada da Prisão Estadual do Oregon, Panzram rumou para a costa leste dos Estados Unidos. Chegando a New Haven, Connecticut, no verão de 1920, Panzram roubou a casa do ex-presidente dos Estados Unidos William H. Taft, o homem que uma vez assinou o papel condenando Panzram a três anos de prisão em Fort Leavenworth.

O que foi adquirido na mansão de Taft tinha excedido, em muito, os roubos anteriores. Depois de adquirir propriedades no Lower East Side, Manhattan, Panzram comprou um iate. Ele depois velejou pelo Rio East, invadindo iates dos ricos atracados em seu caminho. Ele contratou marinheiros desempregados para trabalharem para ele. Durante a noite, ele os drogava, sodomizava, matava cada um com um tiro na cabeça com uma pistola roubada da casa de Taft e jogava seus corpos no rio. Depois de aproximadamente três semanas,

Em Angola, Panzram matou seis guias e alimentou os crocodilos com eles.

a rotina de Panzram foi alterada, quando seu iate foi pego em um vendaval de verão e afundou. Ele nadou para a costa com dois marinheiros, que ele nunca mais viu.

Coração dominado pela escuridão

Depois de uma condenação de seis meses por roubo e posse de uma arma carregada, Panzram se escondeu em um navio que tinha como destino Angola. Enquanto empregado da Companhia de Petróleo Sinclair, ele sodomizou e assassinou um menino. Ele depois contratou seis homens da região para trabalharem como guias e assisti-lo em uma expedição para caçar crocodilos. Uma vez no curso do rio, com os crocodilos à vista, ele matou os seis e alimentou os animais com eles. Depois de viajar pelo Rio Congo e roubar fazendeiros na Costa do Ouro, ele percorreu o caminho de volta através do Atlântico.

> *Durante seus primeiros meses em Clinton, ele tentou destruir as oficinas com uma bomba incendiária, bateu com um taco na nuca de um guarda e, claro, tentou escapar.*

Depois de retornar aos Estados Unidos, ele continuou de onde tinha parado, cometendo roubos, furtos e sodomia. Esses crimes "corriqueiros" foram pontuados pelos assassinatos de três garotos: cada um foi estuprado antes de ser assassinado.

Em 26 de agosto de 1923, Panzram invadiu a garagem de trens de Larchmont, Nova York, e enquanto vasculhava bagagens foi confrontado por um policial. Ele foi condenado a cinco anos de prisão, sendo que a maior parte da sua pena foi cumprida na Prisão de Clinton, Nova York. Fiel ao personagem, Panzram não se esforçou para tornar-se um exemplo de prisioneiro. Durante seus primeiros meses em Clinton, ele tentou destruir as oficinas com uma bomba incendiária, bateu com um taco na nuca de um guarda e, claro, tentou escapar. O ato final teve consequências com as quais ele batalharia até o fim de sua vida.

O incidente começou quando Panzram não teve sucesso em sua tentativa de pular o muro da prisão. Ele caiu quase dez metros em um degrau de concreto. Apesar de seus tornozelos e pernas terem sido quebrados, e sua espinha lesionada, ele não recebeu atenção médica por 14 meses. Os meses de agonia que Panzram suportou intensificaram o ódio, e ele começou a elaborar planos complexos para matar em maior escala. Um plano envolvia explodir um túnel ferroviário e depois soltar gases venenosos na área dos escombros.

Uma onda de crimes de um homem só

> Quando estava diante do diretor da cadeia naquele primeiro dia, Panzram o advertiu: "Eu matarei o primeiro homem que me incomodar".

Quando ele foi finalmente solto de Clinton, em julho de 1928, Panzram saiu um homem aleijado. Entretanto, sua capacidade reduzida não fez nada para deter sua volta ao crime. Durante as duas primeiras semanas de sua liberdade, ele teve uma média de um roubo por dia. Mais sério ainda, em 26 de julho de 1928, ele estrangulou um homem durante um roubo na Filadélfia. Em agosto, Panzram estava mais uma vez sob custódia policial. Talvez percebendo que nunca mais estaria livre, ele confessou 22 assassinatos, incluindo aqueles de dois dos três meninos no verão de 1923.

Em 12 de novembro, ele foi a julgamento por roubo e invasão de domicílio. Atuando em defesa própria, ele usou o tribunal como palco para assustar o júri e ameaçar as testemunhas. No final do dia, ele tinha sido culpado por todas as acusações e condenado a um total de 25 anos de prisão.

Em 1º de fevereiro de 1929, ele chegou à Penitenciária de Leavenworth, Kansas. Era uma área do país que ele conhecia bem: 20 anos antes, ele tinha cumprido pena na prisão militar mais próxima. Quando estava diante do diretor da cadeia naquele primeiro dia, Panzram o advertiu: "Eu matarei o primeiro homem que me incomodar".

Fiel à sua palavra, em 20 de junho de 1929, Panzram pegou uma barra de ferro e bateu com força na cabeça de Robert Warnke, seu supervisor na lavanderia da prisão. Quando os outros presos tentaram fugir, ele os perseguiu, quebrando ossos.

Ele foi julgado pelo assassinato de Warnke em 14 de abril de 1930. Mais uma vez, ele fez a própria defesa, pomposamente desafiando o promotor a provar sua culpa, o que não foi um desafio muito difícil. Quando o juiz o condenou à forca, ele foi ameaçado pelo homem condenado.

Em 5 de setembro de 1930, Panzram foi enforcado. Muitas organizações tinham trabalhado para evitar sua execução, o que incomodava Panzram. Nove meses antes de sua morte, ele escreveu para uma dessas organizações, a Sociedade para Abolição da Pena Capital: "Os únicos agradecimentos que você e sua laia vão conseguir de mim por seus esforços para me salvar é que eu desejo que vocês todos tivessem um só pescoço e que eu tivesse minhas mãos sobre ele".

Sinais de perigo: Quando adolescente, cometia incêndios criminosos e fantasiava sobre assassinatos em massa

Padrão de crimes: Preso em um círculo vicioso de cometer crimes violentos e ser aprisionado; sua paixão era ver igrejas em chamas

A descoberta: Capturado durante uma invasão

Últimas palavras: [direcionadas ao seu executor] "Vá logo, seu caipira de merda! Eu poderia matar dez homens enquanto você perde o nosso tempo!"

Condenação: Pena de morte

"Ações Atrozes, Porém Necessárias"

Nome: Anders Breivik

Data de nascimento: 13 de fevereiro de 1979

Profissão: Falso fazendeiro

Pseudônimos: Andrew Berwick, Sigurd Jorsalfare, Andersnordic

Classificação: Assassino descontrolado

Condenações anteriores: Nenhuma

Número de vítimas: 77 mortos, 153 feridos

Anders Breivik

Na tarde de 22 de julho de 2011, um compêndio curioso, intitulado *2083 – Uma declaração de independência europeia*, foi enviado por e-mail para mais de mil endereços eletrônicos pelo mundo. Seu autor era um completo desconhecido, mas ao final do dia ele se tornaria famoso – não por sua escrita, mas por ter cometido a mais sangrenta matança na história da humanidade.

Anders Behring Breivik nasceu em 13 de fevereiro de 1979 em Oslo, mas viveu o começo da sua vida em Londres, onde seu pai, um economista, trabalhava como diplomata para a Embaixada Real Norueguesa. Quando tinha apenas 1 ano, seus pais se divorciaram, o que começou uma batalha pela custódia do filho que teria seu pai como derrotado. Ainda criança, Breivik retornou com sua mãe, uma enfermeira, para

Oslo. Embora ela tenha se casado de novo rapidamente, com um oficial do exército norueguês, Breivik depois criticaria o que ele enxergava como uma ausência da figura masculina em seu lar na infância. Em seus escritos, ele depreciava sua mãe por prover uma "criação matriarcal", e adiciona: "não havia qualquer disciplina e isso contribuiu para me feminizar em certa medida".

A ilha de Utoya era o último destino de Breivik.

Algumas evidências anedóticas tratam de Breivik como uma criança inteligente e carinhosa, que defendia os outros quando eram sujeitos das ações de valentões. Contudo, seu comportamento mudou substancialmente na adolescência. Em um período pouco maior que dois anos, assim Breivik alega, ele empenhou-se em uma guerra de um homem só contra o sistema de transporte público de Oslo, causando mais de 900 mil dólares em danos à propriedade. Ele passava as suas noites correndo pela cidade com seus amigos, cometendo atos de vandalismo. Aos 16 anos, Breivik foi surpreendido pichando o muro exterior de um prédio, um ato que trouxe fim ao seu relacionamento com seu pai: os dois não têm contato desde então.

> Em 2009, Breivik estava de volta aos negócios. Ele iniciou uma empresa, que não era nada além de fachada para comprar grandes quantidades de fertilizantes e outras substâncias químicas usadas para fabricar bombas.

Apesar de ser enteado de um oficial do exército, Breivik foi declarado "inapto para o serviço", de acordo com a avaliação da conscrição obrigatória norueguesa. A razão para esse julgamento surpreendente ainda precisa ser revelada: Breivik disse aos amigos que ele tinha recebido uma isenção para cuidar de sua mãe doente. Entretanto, uma explicação possível é o seu uso de esteroides anabolizantes, uma droga que ele vinha usando desde sua adolescência, como parte de um esforço para ficar mais musculoso – Breivik é um homem obcecado por sua aparência.

Sem namoradas

Em 2000, com 21 anos, ele foi aos Estados Unidos para fazer uma cirurgia estética em sua testa, nariz e queixo. Solteiro aos 32 anos, Breivik se considerava um homem muito desejável, e se gabava de suas conquistas, apesar de nenhum de seus conhecidos se lembrar de qualquer namorada dele.

"Quando se trata de garotas", Breivik escreveu em seu diário, "fico tentado – especialmente nesses dias após o treinamento, e eu me sentindo fantástico. Mas tento evitar embaraços, porque eles podem complicar meus planos e colocar a operação inteira sob risco".

A operação a que ele se referia era parte de um plano de nove anos que culminou em um dia horrível em julho de 2011. De acordo com Breivik, o trabalho fora iniciado em 2002, com o estabelecimento de uma empresa de programação de computadores que tinha a intenção de captar recursos. Em vez disso, a companhia quebrou, forçando-o a voltar para a casa de sua mãe. Esse humilhante contratempo parece ter trazido um período de baixa atividade. No entanto, em 2009, Breivik estava de volta aos negócios. Ele iniciou uma empresa, a Breivik Geofarm, que não era nada além de fachada para comprar grandes quantidades de fertilizantes e outras substâncias químicas usadas para fabricar bombas sem levantar suspeitas. No ano seguinte, depois de uma tentativa frustrada para adquirir armas ilegais em Praga, ele comprou uma pistola Glock e uma carabina Ruger Mini-14, ambas semiautomáticas, por meios legais.

Breivik assassinou com essas armas, mas as suas primeiras vítimas no dia 22 de julho de 2011 foram assassinadas com uma bomba instalada em seu Volkswagen Crafter. Naquela tarde, ele dirigiu seu veículo para o distrito em que estão concentrados escritórios públicos em Oslo, assegurando ter estacionado em frente ao prédio que abriga o escritório do primeiro-ministro, do ministro da Justiça, da Polícia e de vários outros ministros do governo. Às 15h22 da hora local, a bomba explodiu destruindo janelas e incendiando o térreo do prédio.

Uma foto tirada de um helicóptero mostrando Breivik próximo a vários corpos.

Apesar de o primeiro-ministro, Jens Stoltenberg, que era um alvo potencial, não ter se ferido, a explosão matou oito e deixou outros 11 gravemente feridos.

As coisas poderiam ter sido muito piores. É curioso que ao longo dos anos em que Breivik planejou suas ações, ele nunca considerou que julho é o mês em que os noruegueses tiram férias. E mais, ele escolheu efetuar o seu ataque no final da tarde de uma sexta-feira, uma hora do dia em que a maioria dos funcionários do governo já tinha ido para casa.

Durante a confusão no centro de Oslo, Breivik colocou um uniforme falso de polícia, viajou por aproximadamente 40 quilômetros, na costa do lago Tyrifjorden, e pegou uma balsa para a Ilha de Utoya. Seu destino era um acampamento de verão, que ocorria anualmente, da juventude do Partido Trabalhista Norueguês. Na hora que ele chegou – às 16h45, uma hora e 23 minutos depois da explosão em Oslo –, notícias da tragédia já tinham sido anunciadas para a equipe do acampamento e os quase 600 jovens que estavam na ilha. Breivik apresentou-se como estava vestido: um policial, que tinha vindo para assegurar que a ilha de 26 acres estava segura. Depois de primeiro pedir para que as pessoas se reunissem para que ele pudesse falar com elas, ele abriu fogo. Ele atirou indiscriminadamente, aparentemente com a intenção de matar quantas pessoas fosse possível. Os projéteis de Breivik atingiram pessoas que tentavam alcançar o lago, com a esperança de nadar para longe.

Matança indiscriminada

Não foi antes de 32 minutos depois do início do tiroteio que a polícia no continente percebeu que algo estava acontecendo na ilha de Utoya. Sua resposta atrasada é ainda motivo de investigação: eles esperaram até que

Imagem fascista de Breivik, retirada de sua página pessoal na internet.

Breivik revisita a cena de seu crime para fornecer provas à polícia.

a Beredskapstropen, uma unidade especial de combate ao terrorismo, chegasse de Oslo para fazer a travessia. O barco no qual eles fizeram o percurso estava tão lotado que quase afundou antes de chegar à ilha. Mesmo antes de partirem, Breivik fez uma ligação telefônica para se render, e acabou mudando de ideia. A matança continuou até às 18h26 – uma hora e 24 minutos depois do seu início –, quando o atirador fez uma segunda ligação. Ele foi capturado pela Beredskapstropen, oito minutos depois.

No total, Breivik matou 69 pessoas na ilha de Utoya e nas águas que cercam a ilha. Muitos dos sobreviventes escaparam vivos ao nadar para as áreas que eram acessíveis apenas a partir do lago, enquanto que outros se esconderam em uma escola, na qual o atirador preferiu não entrar. Alguns sobreviventes fingiram estar mortos, mesmo depois de tomarem um segundo disparo. Outros conseguiram ser resgatados por veranistas e outras pessoas com barcos, que arriscaram ser alvejados a partir da costa.

Breivik ceifou um total de 77 vidas com seus dois ataques; outras 153 pessoas ficaram feridas. A idade dos mortos variou entre 14 e 61 anos, com uma idade média de apenas 18 anos. Ele matou 55 adolescentes.

Anders Breivik admitiu ter cometido o ataque à bomba em Oslo e o tiroteio em Utoya, mas negou ser culpado. Nas suas próprias palavras, os dois eventos envolveram "ações atrozes, porém necessárias". Essas palavras vieram do seu advogado; Breivik não tinha ainda sido julgado. Muitas das motivações do atirador podem ser coletadas de *2083 – Uma declaração de independência europeia*, o documento de 1.513 páginas que ele publicou mundialmente 90 minutos antes da explosão em Oslo. Nessa coleção de escritos, muitos dos quais advindos de plágios de outros, Breivik argumenta contra o feminismo e se mostra a favor de um retorno a uma estrutura patriarcal que ele sente ter faltado em sua criação. O assassino ralha contra o multiculturalismo e o que ele enxerga como a abertura das portas para a islamização da Europa. Retratando-se como um cavaleiro, Breivik incita os outros europeus brancos a travar uma guerra religiosa contra os muçulmanos e marxistas. Sua meta final, como colocada no título de seu documento, era a deportação de todos os seguidores do Islã da Europa até 2083.

"A maioria das pessoas que eu conheço apoia as minhas visões", ele escreveu, "elas só são apáticas. Elas sabem que haverá enfrentamento algum dia, mas não se importam porque isso provavelmente não vai acontecer antes das próximas duas décadas".

Breivik apareceu na corte de Oslo três dias depois dos ataques. Enfrentando acusações de terrorismo, o acusado entrou pleiteando sua inocência, dizendo que não reconhecia o sistema sob o qual ele seria acusado. A denúncia foi gravada por câmeras, em função dos temores de que ele pudesse de alguma maneira usar o local para comunicar-se com seus compatriotas. Quando este livro foi escrito, Breivik estava sendo mantido em confinamento solitário. Acredita-se que seu julgamento começará em breve, e novas acusações podem ser adicionadas.*

Preparação: Compra de armas, fertilizantes e substâncias químicas

Sinais de perigo: Vandalismo cometido quando adolescente; um manifesto publicado on-line antes dos assassinatos

Comportamento no tribunal: Insolente

Alegação: Inocente

Pronunciamento de uma vítima: "Se um homem pode mostrar tanto ódio, pense quanto amor nós podemos mostrar se ficarmos unidos."

---

*N.T.: Breivik foi julgado em 24 de agosto de 2012 e condenado a 21 anos de detenção. Sua pena pode ser estendida e ele possivelmente passará o resto da vida na prisão.

O Homem do Armagedom

Nome: Michael Ryan
Data de nascimento: 3 de agosto de 1948
Profissão: Caminhoneiro
Descrição: Sobrevivenciali de extrema direita, ele acre ditava na supremacia da ra branca e era líder de culto
Condenações anteriores: liciais de três estados fizera uma batida na fazenda em ele vivia e encontraram arm roubadas e 150 mil cartuch de munição
Número de vítimas: 2

Michael Ryan

Michael Ryan sempre teve um vivo interesse em compartilhar suas fantasias violentas. Em reuniões sociais, ele frequentemente falava sem parar sobre ser um assassino de aluguel para a máfia ou ser um agente da CIA. Não que esse caminhoneiro acima do peso tivesse qualquer um desses trabalhos; era só que ele queria ter um trabalho como um desses. Ryan sonhava explodir prédios ou tornar-se um assassino, mas no fim ele não matou ninguém. Em vez disso, ele conseguiu outras pessoas para fazer isso para ele.

Não havia nada no passado de Michael Ryan que teria agradado aos recrutadores da CIA. Ele saiu da escola durante o Ensino Médio, tinha um temperamento violento, gostava de entrar em brigas e era um usuário regular de maconha. Em cima de tudo isso, ele também tinha uma queda por bebidas alcoólicas, embora isso não tenha evitado que ele se tornasse um caminhoneiro.

Uma das vítimas do comportamento violento de Ryan era sua mulher, Ruth. Eles se casaram em 1968, poucos meses depois do 20º aniversário dele. Ruth era baixa e magra, e não era páreo para seu marido, que tinha 1,88 metro de altura e pesava cem quilos. Dennis, seu único filho, também recebia os chutes e socos de Ryan.

Então, em uma noite de maio de 1982, Ryan encontrou Deus. Esse encontro momentâneo aconteceu durante uma palestra dada pelo reverendo James Wickstrom em Hiawatha, Kansas. As palavras do pastor não eram nada do que Ryan tinha escutado na igreja batista que frequentava quando jovem. Wickstrom disse ao seu público que os anglo-saxões eram os verdadeiros israelitas, que os judeus controlavam bancos e que o dia do juízo final estava próximo. Invocando o nome arcaico de Deus, ele declarou: "Javé é um deus da guerra! Ele não veio em paz, mas veio para enviar uma espada".

"Lembrem-se", o pastor disse ao público, "Javé disse que não há problemas em matar, mas não se deve cometer assassinato. Você deve matar o inimigo de Javé – e isso está escrito".

Wickstrom fez Ryan acreditar que ele era um arcanjo lutando por Javé, o "deus da guerra".

Doutrinação

Ryan ouviu mais do que conversas sobre religião naquela noite. Wickstrom era uma das principais figuras de um grupo dedicado ao

Ryan se preparou para a batalha que sucederia entre o bem e o mal com exercícios e treinos militares.

"retorno dos cristãos anglo-saxões brancos ao controle legítimo dos Estados Unidos". O *Posse Comitatus*, como eles chamavam ao seu grupo, ralhava contra os governos federal e estadual por acreditar que o governo só devia existir no nível dos condados ou municípios. Essas crenças eram vinculadas às interpretações de Wickstrom da Bíblia.

Depois da conversa, Ryan encontrou Wickstrom pela primeira vez. Foi um breve encontro, mas deixou uma impressão profunda. "Você é um legítimo israelita!", o pastor disse. Seis meses se passaram antes de eles se encontrarem de novo. Dessa vez, a localização – um quarto no motel Best Western – era bem mais intimista. Foi lá que Wickstrom convenceu Ryan de que ele possuía a habilidade – ou o "poder" – para receber conselhos de Deus sobre todos os problemas corriqueiros, não importando quão triviais ou aparentemente sem maiores consequências.

Indo para casa após o encontro, Ryan agia como se estivesse possuído.

"Essa foi uma das coisas mais importantes que aconteceram em minha vida", ele contou ao seu cunhado Steve Patterson. "Eu estou começando a ver o porquê de eu estar aqui, nesta vida."

Durante os próximos meses, Ryan imergiu nos ensinamentos de Wickstrom. Ele escutou as fitas dos sermões do clérigo e estudou seus panfletos.

> Ryan levou a esposa de Rick Stice, Lisa, para Kansas City, onde ele disse a ela que Javé tinha decretado que ela deveria ser uma de suas esposas.

Ryan também compareceu a encontros bíblicos organizados por membros do *Posse Comitatus*, mas ele voltou decepcionado.

Parecia que as famílias de fazendeiros que disponibilizavam suas casas para os encontros estavam mais preocupadas em discutir impostos, política agrícola e política de forma geral do que discutir Javé como um deus da guerra.

A Batalha do Armagedom, o confronto épico final da humanidade, tornou-se o foco de Ryan. Com grande convicção, ele argumentou que esse evento ocorreria no Kansas.

Era tudo um pouco de exagero, mesmo para aqueles que seguiam os ensinamentos do reverendo Wickstrom. As pessoas também se cansaram de Ryan constantemente se gabar. Ele falava incessantemente sobre ter perdido dois dedos do pé enquanto servia com os Boinas Verdes no Vietnã, quando na verdade todos os dias dos seus 34 anos tinham sido passados nos Estados Unidos. Era verdade que Ryan *tentou* ingressar no exército, mas ele foi rejeitado por razões médicas. E os dois dedos perdidos? Eles foram resultados de um ferimento autoinfligido, um acidente que ocorreu quando Ryan descarregou um rifle na caçamba da camionete de seu avô.

Mas algumas pessoas caíram nas mentiras de Ryan sobre sua vida como boina verde; Jimmy Haverkamp, um criador de porcos, foi um deles. Haverkamp renunciou sua criação católica para seguir o reverendo Wickstrom, e também se tornaria o primeiro seguidor de Ryan. O criador de porcos logo depois foi acompanhado por outros convertidos, incluindo Rick Stice, um fazendeiro recém-viúvo. Afundado em dívidas e diante da própria falência, Stice foi atraído pela retórica antigoverno do *Posse Comitatus* e ficou muito impressionado com a proximidade entre Ryan e Wickstrom.

Em uma ocasião, os três homens até mesmo fizeram uma visita ao pastor em sua modesta casa, depois da qual Michael Ryan lhes disse que seu nome cristão não tinha sido escolhido por acidente – ele era a personificação do arcanjo Miguel, o comandante do exército de Deus.

Ryan e seus seguidores se prepararam para o conflito vindouro roubando bancos; dinheiro era necessário para construir o bunker de onde a Batalha do Armagedom seria lutada. À medida que os meses passaram, Ryan começou a se distanciar de Wickstrom. Por fim, ele cortou os laços com o *Posse Comitatus*. Seu fundador estava dedicando muito de seu tempo à política e não tanto a Javé quanto devia. No início de 1984, Ryan tinha uma dúzia de seguidores, inclusive a irmã de Haverkamp, Cheryl, que ele tinha tomado como segunda esposa. O grupo se mudou para a fazenda de 80 acres de Stice, do lado de uma vila pequena e isolada, Rulo, no sudeste do Nebraska. Foi aí que os homens que seguiam Ryan se prepariam para a batalha vindoura entre o bem e o mal.

Ryan encenou exercícios militares e estocou armas, para a grande angústia dos fazendeiros vizinhos. Eles reclamaram para as autoridades em vão – até onde todos sabiam, Ryan e seus seguidores não estavam desrespeitando as leis. Mas essa era ainda a fazenda de Stice: o fazendeiro não tinha certeza sobre deixar Ryan utilizar sua terra, mas ele por fim concordou com o pedido do líder. Agora ele começava a se arrepender de sua decisão. A situação ficou mais tensa pelo fato de o filho mais novo de Stice, Luke, desprezar Ryan. Em retorno, Ryan declarou que o menino de 5 anos era "do Diabo".

As coisas só ficariam piores para Stice. Alguns meses antes, Ryan tinha abençoado o casamento de Stice e sua nova esposa, Lisa, mas agora ele estava tentando separá-los. No final de 1984, Ryan levou Lisa para Kansas City, onde ele disse a ela que Javé tinha decretado que ela deveria abandonar seu marido e ser uma das suas esposas. Não importava que ela estivesse grávida, porque a criança não era de Stice – tratava-se de uma concepção imaculada. Convencida do papel que a ela foi atribuído por Javé, Lisa nem resistiu.

Pouco depois, Ryan anunciou que Javé lhe tinha concedido a permissão de ter escravos – Stice e seu filho Luke. Havia um terceiro escravo, um homem que trabalhou em uma loja de ferramentas chamado James Thimm. Alguns dias antes, o seguidor de 26 anos

> *Luke tinha sido colocado em um trailer, onde ele estava sofrendo torturas diárias nas mãos de Ryan. O líder religioso cuspia na cara do menino e jogava cinzas de cigarro na sua boca. O menino morreu na noite após Ryan tê-lo jogado contra uma estante.*

tinha se atrevido a questionar as políticas de seu líder. Depois de ouvir as palavras hesitantes de Thimm, Ryan ficou furioso.

"Você tem que sair daqui se for continuar falando assim! Javé não quer pessoas do Diabo nesta fazenda, amigo, você é um prosélito! Só há um lugar para você... e é no Inferno! É melhor você ir embora."

A última sugestão foi o melhor conselho que Ryan deu ao jovem, mas ele não o escutou. Agora era tarde.

Luke foi o primeiro a sofrer nas mãos de Ryan. Ele bateu no garoto, tirou suas roupas e o fez rolar na fria neve de fevereiro. Depois ele o fez colocar uma pistola na boca e puxar o gatilho: o cano estava vazio.

Então, Ryan atirou em seu ombro, dizendo que foi Javé que tinha puxado o gatilho. Stice fugiu da fazenda, aterrorizado. Quando retornou, quatro dias depois, foi torturado e acorrentado: por mais que tentasse, ele não conseguiria salvar a vida de seu filho.

O menino tinha sido colocado em um *trailer*, onde ele estava sofrendo torturas diárias nas mãos de Ryan. Além de surras e açoites regulares, o líder religioso cuspia na cara do menino e jogava cinzas de cigarro na sua boca. O fim da breve vida de Luke veio quando Ryan o jogou contra uma estante.

"Javé não quer que nós levemos Luke ao hospital", Ryan anunciou.

O menino morreu durante a noite.

Um tiro no rosto

James Thimm, que estava confinado em outro *trailer*, levou um tiro no rosto dado pelo filho de Ryan, Dennis. Ele estava definhando, mas teve que se juntar a Stice e cavar a cova de Luke.

Como James Thimm e Luke Stice descobriram, o inverno na fazenda de porcos era um lugar cruel para terminar a vida.

Nos dias seguintes, Thimm foi espancado, chicoteado e sodomizado com o cabo de uma pá. Por todo o seu suplício, ele pediu pelo perdão de Javé. Sua vida terminou no barracão dos porcos – a construção que ele conhecia como lar. Depois de suas mãos terem sido atadas em uma barra elevada com cabos para amarrar fardos, Thimm foi açoitado pelos homens seguidores de Ryan enquanto seu líder assistia. Quando ele foi tirado de lá, Ryan pegou uma pistola Ruger .22 e atirou em seus dedos.

Depois de uma pausa para o almoço, Ryan ordenou aos assassinos de Thimm para retornar e retomar sua tortura.

"Javé quer que eu te mostre como nós esfolávamos as pessoas no Vietnã", ele anunciou.

Usando lâminas de barbear e um alicate, Ryan começou a remover a pele do corpo de James Thimm, assegurando que sua vítima via cada pedaço sangrento de carne. Seu filho, Dennis, era um ávido assistente. Depois, eles quebraram a perna de Thimm. Ryan então começou a chutar seu escravo na cabeça, antes de pular seguidamente em seu peito. De acordo com Ryan, Javé queria que James Thimm estivesse morto pela hora do jantar. O prazo foi facilmente cumprido.

Em 18 de agosto, as autoridades encontraram a cova que continha os corpos de James Thimm e Luke Stice. Ryan, seu filho Dennis e Timothy Haverkamp, irmão de James, foram prontamente presos. Depois de terem sido condenados por homicídio qualificado, Dennis Ryan e Timothy Haverkamp foram sentenciados à prisão perpétua.

Um júri condenou Ryan por homicídio doloso em 10 de abril de 1986. Enquanto esperava sua sentença, o líder do culto foi acusado pelo assassinato de Luke Stice. Nesse caso, Ryan foi culpado por homicídio qualificado. Ryan foi condenado a morrer na cadeira elétrica, mas foi para o corredor da morte e passou mais de duas décadas evitando-a.

Sinais de perigo: Membros de seu culto estocaram armas e vitaminas, identificando-se como "legítimos israelitas".

Padrão de crimes: Ryan escreveu "666" na cabeça de um menino de 5 anos e o chamou de "criança do Diabo", depois o assassinou; outra vítima foi acorrentada em um barracão de porcos e foi obrigada a fazer sexo com uma cabra.

Apelo de defesa: "Eu pensei que fosse aquilo que eu deveria fazer."

Condenação: Pena de morte

O Caso dos Milk-shakes Tóxicos

Nome: Nancy Kissel

Profissão: Dona de casa e voluntária

Criação: Confortável, de cl[asse] média alta

Descrição: Extrovertida e exigente

Condenações anteriores: Nenhuma

Número de vítimas: 1

Nancy e Robert Kissel mudaram para a mesma casa pouco depois de se conhecerem em 1987. Dois anos depois, eles se casaram. Alison Gertz, a ativista pela conscientização sobre a AIDS, foi dama de honra do casamento. Na época, Robert estava fazendo mestrado em finanças na Universidade de Nova York. Nancy tinha dois diplomas – em *design* e em negócios –, mas ela tinha três trabalhos tediosos para sustentar sua casa.

Depois de se formar em 1991, Robert iniciou uma trajetória que o traria rendimentos de mais de 3 milhões de dólares por ano em uma década. Ele começou sua expressiva ascensão em Nova York no banco de investimentos Lazard Frères, antes de ir para o grupo Goldman Sachs. Em 1997, ele foi transferido para Hong Kong. Os Kissel então

Hong Kong, onde a persistência da epidemia de SARS deu a Kissel uma desculpa para retornar a Vermont.

se tornaram membros proeminentes da comunidade de expatriados dos Estados Unidos. Devia ser uma vida invejável – muitos dos que estavam de fora achavam assim. Os Kissel e suas duas crianças se estabeleceram em uma suíte de luxo no exclusivo Hong Kong Parkview. Robert trabalhava e prosperava, tendo por fim se juntado ao Merrill Lynch, enquanto que Nancy fazia trabalhos voluntários. Ela dava assistência para a Escola Internacional de Hong Kong e para a sinagoga da família. Em 1998, o casal foi abençoado com outra criança.

> Os Kissel se tornaram membros proeminentes da comunidade de expatriados americanos em Hong Kong. Devia ser uma vida invejável...

Contudo, a despeito das aparências, Nancy mais tarde alegaria que os anos em Hong Kong foram muito infelizes. Se o que ela disse é verdade, a epidemia de SARS em 2003 foi a melhor resposta para as suas preces. Em março daquele ano, Nancy e seus filhos se juntaram ao fluxo de americanos que estavam deixando Hong Kong para a segurança relativa que teriam nos Estados Unidos. Deixando Robert trabalhando no Merrill Lynch, ela viajou para a casa de veraneio de sua família ao pé da montanha Stratton, em Vermont.

À medida que os meses passaram e a epidemia piorou, Nancy tomou a decisão de ter um elaborado sistema de home theater instalado em sua casa. Como resultado de seu desejo por escapar, ela encontrou um técnico em instalações elétricas duas vezes divorciado chamado Michael del Priore.

Em pouco tempo, Nancy e Del Priore começaram a ter um caso. Com Robert a milhares de quilômetros de distância em Hong Kong, eles puderam aproveitar o verão juntos. Nancy comprou para seu amante um relógio de pulso de 5 mil dólares, que era uma posse incomum para um homem que vivia em um *trailer*.

Em agosto, a crise de SARS havia diminuído, então Nancy e as crianças estavam de volta à sua suíte no Hong Kong Parkview. O casamento continuou normalmente, mas Robert tinha notado uma diferença no comportamento de sua esposa.

Suspeitando que sua mulher estava tendo um caso, ele contratou um detetive. Não foi a custo de grande esforço que ele descobriu a relação, ainda que nenhuma prova física tivesse sido obtida.

Pouco depois disso, Robert contatou o detetive mais uma vez. Agora, ele queria aconselhamento; o funcionário do banco disse que tinha acabado de beber um copo de puro malte escocês, mas que não tinha o sabor costumeiro. Depois de alguns goles ele se sentiu "tonto e desorientado". O detetive aconselhou Robert a levar uma amostra do uísque para análise, mas Robert não o fez.

Nancy passou a ter medo de que seu marido soubesse do seu segredo. Ela escondia as ligações que fazia para Michael fazendo com que as contas telefônicas fossem enviadas para a Escola Internacional de Hong Kong. Entretanto, o cuidado dela não foi nada perto da determinação de seu marido. Robert tinha softwares de espionagem instalados nos computadores da família para que pudesse monitorar o uso da internet e acesso aos e-mails por parte de Nancy. Ele viu que sua esposa estava usando ferramentas de busca para termos como "overdose de drogas", "pílulas para dormir" e "medicamentos que causam parada cardíaca". Ainda assim, a despeito dessas descobertas,

Robert não agiu. O máximo que ele fez foi contar ao seu amigo David Noh, do Merrill Lynch, que estava preocupado, pois podia ser envenenado.

Um coquetel de drogas

Em 2 de novembro, Andrew Tanzer, um vizinho do Hong Kong Parkview, levou sua filha para brincar na suíte dos Kissel. Quando ele se aprontava para voltar à sua casa, foram oferecidos a Tanzer e Robert *milk-shakes* de cor rosa, que ambos beberam. Pela hora que Tanzer tinha retornado à sua suíte, ele se sentiu pesado e sonolento, então deitou no sofá. Sua esposa não conseguiu despertá-lo por um tempo, apesar de ele ter se recuperado de alguma maneira depois. Ele vagou entre estados de sonolência até a hora do jantar. Seu comportamento então se tornou ainda mais incomum. Em primeiro lugar, ele parecia desorientado e depois agia de maneira infantil, demonstrando um apetite insaciável. Antes de dormir à noite, ele perdeu o controle de si mesmo e sujou o mobiliário da casa. No dia seguinte, Tanzer descobriu que ele não se lembrava de quase nada do que tinha acontecido desde que tinha saído da casa dos Kissel.

As bebidas que Kissel preparou para seu marido continham uma verdadeira bordoada.

Apesar de Tanzer ter tido uma experiência bastante perturbadora, a noite de Robert Kissel tinha sido muito pior. Quando Andrew Tanzer acordou na manhã seguinte, Robert estava morto fazia horas.

> *Os* milk-shakes *que os dois homens beberam tinham sido envenenados com seis remédios, cinco dos quais Nancy tinha obtido receitas médicas recentemente, incluindo Rohypnol, a droga do "boa-noite, Cinderela".*

Os *milk-shakes* que os dois homens beberam tinham sido envenenados com seis remédios, cinco dos quais Nancy tinha obtido receitas médicas recentemente. Havia Stilnox, um remédio calmante; Amitriptalina, um antidepressivo; Dextropropoxiteno, um analgésico; Lorivan, um sedativo; e Rohypnol, também conhecido como a droga do "boa-noite, Cinderela". Robert teria reagido à poção da mesma maneira que Andrew reagiu; a diferença é que a senhora Kissel tomou a oportunidade para assassinar Robert enquanto ele estava incapacitado.

Às 17 horas, Robert, com voz sonolenta e aparentando cansaço, falou com David Noh em preparação para uma conferência. Apesar de o evento ter ocorrido apenas 30 minutos depois, Robert não participou – parece que ele simplesmente esqueceu sobre ele. Curiosamente, Robert estava na linha com sua secretária menos de meia hora após ter perdido a conferência. Essa foi a última vez que qualquer pessoa no Merrill Lynch ouviu falar de Robert. Em algum ponto da noite de 2 de novembro, Nancy Kissel pegou uma estatueta de 3,6 quilos e acertou a cabeça de Robert com ela cinco vezes. Ela bateu tão forte que o crânio de Robert ficou aberto.

O cadáver de Robert permaneceu na suíte por três dias, embora estivesse fora da vista das crianças dos Kissel. Enquanto o corpo permanecia deitado no quarto principal da suíte, Nancy começou a espalhar versões conflitantes. Ela disse a um médico que Robert a atacou em 2 de novembro. A uma camareira foram mostrados ferimentos que foram supostamente feitos por Robert. Ele estava agora ficando em um hotel, ela disse. Seu desaparecimento foi notado quase que imediatamente. David Noh estava perturbado por descobrir que não conseguia contatar Robert; ele não atendia o telefone. Outra amiga, Bryna O'Shea, também estava preocupada. Sabendo dos problemas conjugais que Robert enfrentava, ela ligou para vários hotéis, pensando que ele tivesse se mudado do Parkview. Em 6 de novembro, depois de comparar anotações com Bryna, David notificou as autoridades.

O cerco se fechando

Investigadores interrogaram Nancy na suíte do Parkview algumas horas depois. Esse tinha sido o segundo contato dela com a polícia naquele dia. Naquela manhã, ela tinha reclamado de Robert; alegava que ele a tinha atacado há cinco dias, quando ela havia se recusado a fazer sexo com ele. Sua debilitada tentativa de criar uma cortina de fumaça tinha sido em vão. Os homens da manutenção do Parkview tinham dito à polícia que no dia anterior a senhora Kissel tinha solicitado a eles que levassem um tapete oriental para seu depósito. O tapete era tão pesado que foram necessários quatro homens para fazer o trabalho. Com essa novidade, os investigadores deixaram o prédio para obter um mandado de busca.

Perto da meia-noite, a polícia entrou no setor de depósitos do Parkview. Não demorou muito tempo para que encontrassem o corpo de Robert. Como eles suspeitaram, ele tinha sido escondido junto do tapete enrolado, ainda que não muito bem escondido. Os restos mortais de Robert foram selados em duas camadas de plástico – e ainda assim havia um onipresente odor de morte. Pouco antes das 3 horas da manhã, Nancy foi presa e acusada do assassinato de seu marido. Durante todos os anos em que esteve em Hong Kong, Nancy tinha se inserido na comunidade expatriada dos Estados Unidos. Agora ela teria que encarar um júri formado inteiramente de chineses.

A acusação apresentou Nancy como uma mulher adúltera que assassinou seu marido para que pudesse fugir com seu amante. As provas contra a viúva Kissel eram esmagadoras: os remédios com receita médica que estavam presentes no *milk-shake*, o testemunho de Andrew Tanzer e o tapete enrolado que os homens da manutenção carregaram para o depósito. Diante dessas descobertas e outras, o procurador de Nancy se fundamentou na lei britânica. Isso permite que o réu alegue uma responsabilidade diminuída, se as circunstâncias que cercam o crime forem consideradas extraordinárias.

Kissel e membros da família do lado de fora da Suprema Corte de Hong Kong, durante o julgamento.

Nancy começou a testemunhar em 1º de agosto de 2005. Foi aí que ela proveu descrições detalhadas de um homem irreconhecível para os outros norte-americanos expatriados.

Ela alegou que seu marido era viciado em cocaína, que era um alcoólatra e que ele a surrava e a forçava a fazer sexo oral e anal quase todas as noites. O sexo entre eles era tão brutal, ela disse, que em uma ocasião Robert tinha quebrado uma de suas costelas. Nancy então explicou sua pesquisa na internet sobre pílulas para dormir, overdose de drogas e medicamentos que causam parada cardíaca: ela alegou que fez isso num tempo em que considerou o suicídio.

A difamação do caráter de Robert continuou. Nancy disse à corte que seu falecido marido tinha sido um péssimo pai. Quando ela estava grávida de seu filho mais novo, Robert queria que o trabalho de parto fosse induzido para que a data não entrasse em conflito com um compromisso de negócios que ele tinha planejado.

Em outro momento, ele tinha se tornado tão irracional e irritado com uma de suas filhas por fazer muito barulho ao brincar enquanto ele estava ao telefone, que ele quebrou o braço da menina.

Nancy admitiu o caso extraconjugal com o técnico em instalações elétricas de Vermont, embora tenha alegado que nunca deixaria seu marido. De acordo com Nancy, o mesmo não podia ser dito sobre Robert. Nancy disse à corte que no dia em que seu marido morreu, ele ficou na entrada da cozinha enquanto ela fazia os *milk-shakes* rosa. Enquanto segurava um taco de baseball por "proteção", Robert disse à sua mulher que tinha entrado com um pedido para o divórcio. Ele também disse que tomaria conta das crianças, porque Nancy não estava apta para tal.

> *Kissel alegou que seu marido era viciado em cocaína, que era um alcoólatra e que ele a surrava e a forçava a fazer sexo oral e anal quase todas as noites.*

Nancy então afirmou que ela e seu marido começaram a lutar. Ela disse que Robert bateu nela e tentou estuprá-la.

A estatueta foi pega em um ato de autodefesa, mas ela então acertou a cabeça dele. Robert, confuso, sentou-se, mas quando Nancy foi ajudá-lo, ele não a deixou.

Em vez disso, ele pegou o taco de baseball e a atingiu nas pernas. Nessa hora, ela ficou em silêncio, e alega não se lembrar de mais nada dessa noite nem dos dias seguintes.

A acusação encontrou problemas com o testemunho de Nancy. Eles a questionaram sobre por que ela nunca mencionou o abuso sofrido a ninguém, inclusive aos médicos. E por que ninguém tinha notado os sinais das lesões?

A história de Nancy desmoronou ainda mais quando a camareira dos Kissel testemunhou afirmando que o braço quebrado da filha do casal não tinha nenhuma relação com Robert; ele nem mesmo estava em casa quando o acidente ocorreu.

Na noite de 1º de setembro de 2005, o júri chegou a uma decisão unânime – Nancy foi considerada culpada por assassinato.

Sinais de perigo: Esteve em um relacionamento extraconjugal; começou a achar que seu marido suspeitava

A descoberta: Entrevista policial com os homens da manutenção que tinham levado um tapete oriental para o depósito dos Kissel

Apelo de defesa: "Não há nada errado comigo do ponto de vista psiquiátrico. Eu não estou sofrendo de doenças mentais. Depressão? Sim. Me sentindo triste, com remorso? Sim. Sofrendo de algo trágico? Sim."

Condenação: Prisão perpétua

Sob a lei de Hong Kong, a sentença obrigatória é a prisão perpétua. Em virtude do fato de sua mãe ter sido culpada pelo assassinato de seu pai, os três filhos dos Kissel um dia herdarão as propriedades de Robert Kissel, estimadas em 18 milhões de dólares.

Créditos das Imagens

AP/Press Association Images: 111, 112
Barrington Barber: 8, 148
Bill Stoneham: 162
Corbis: 10 (HO/Reuters), 30 (Andy Clark/Reuters), 34 (Handout/Reuters), 36 (Christopher J. Morris), 47 (Pat Dollins/ZUMA Press), 54 (Fred Prouser/Reuters), 56 (HO/Reuters), 70, 75 (Georges de Keerle/Sygma), 78, 83 à direita, 85, 86, 89, 90, 91, 94, 102, 115 à direita (Bettmann), 127 (Bernd Vogel), 134 (Bettmann), 136 à esquerda e à direita (Bettmann), 138 (Bettmann), 140 (Vienna Report Agency/Sygma), 141 (Gilles Fonlupt/Sygma), 142-143 (Vienna Report Agency/Sygma), 150-151, 156 (Jon Are Berg Jacobsen/Aftenposte/epa), 157 (Britta Pedersen/epa), 159 acima (Marius Arnesen/epa), 160 (Trond Soldberg/epa), 171 (Bobby Yip/Reuters)
Getty Images: 74
Arquivo da PA/Press Association Images: 26, 159 abaixo
Fotos da PA: 61, 83 à esquerda, 119 (Walt Zebosky), 170, 176
Reuters: 15
Shutterstock: 10, 20, 22, 42, 43, 57, 79, 97, 99, 135, 153, 164, 168, 173
SoulRider: 222 (nome no flickr): 67
Topfoto: 66, 69
Força Aérea Americana: 55
ZUMA Press: 40, 44, 106 (Paul Tooley), 114 (Paul Tooley), 115 à esquerda (Paul Tooley), 118, 120, 122, 124 (Sacramento Bee), 125 (Sacramento Bee)
Imagens da capa: (em sentido horário, a partir da esquerda) ZUMA Press, Corbis, Arquivo da PA/Press Association Images, Corbis

Nota do Editor Internacional: Todos os esforços foram feitos para identificar os detentores dos direitos autorais das imagens neste livro, mas alguns não foram localizados. Agradeceríamos se os fotógrafos em questão entrassem em contato conosco.

Índice Remissivo

Símbolos

2083 – Uma declaração de independência europeia (Breivik) 7, 8, 156, 160, 161

A

Abotsway, Serena 35, 37
Adams, Agnes 104
Armitage, Shelley 21, 24, 27, 28
Askins, Jacqueline 101
Assassino da Floresta de Malolla, O 35
Assassino de Estudantes, O 134

B

Benson, Jimmie 150
Besta da Ucrânia, A 51
Blake, Mary 92
Blamires, Suzanne 21, 24, 25, 27, 28
Bockova, Blanka 145, 146
Breivik, Anders 7, 156, 160
Brudos, Henry 60
Brudos, Jerry 60, 68

C

Cameron, Stevie 33
Canibal da Besta, O 20
Chikatilo, Andrei 70

Chillington, John 129
Comeau, Marie France 15
Creison, Marcella 33
Crey, Dawn 34

D

Disto, Betty 98
Dudley, Deborah 101, 103
Dugard, Jaycee 44

E

Estuprador do Lado Oeste, O 54, 59

F

Fritzl, Elisabeth 79, 82
Fritzl, Josef 78, 79, 80, 84, 85
Fritzl, Kerstin 79
Fritzl, Rosemarie 84

G

Garrido, Nancy 40, 47
Garrido, Phillip 40, 47
Gordon, Catherine 92
Greer, Gary 32
Griffiths, Stephen 8, 20, 23
Guno, Rebecca 32

H

Haigh, John George 22
Hallett, Sally 138
Hall, Katie Calloway 42
Hamilton, Thomas 86
Hammerer, Heidemarie 143, 144, 145
Harper, Stephen 10, 16
Harrild, Eileen 92
Harriman, Mary-Elizabeth 12
Haverkamp, Jimmy 165
Haverkamp, Timothy 169
Hayes, Betty 125
Heidnik, Ellen 94
Heidnik, Gary 94, 102, 105
Heidnik, Michael 94, 105

Índice Remissivo

Hendy, Cindy 109, 110, 115, 116
Hiscox, Bill 34
Hooker, Cameron 118, 125
Hooker, Janice 119
Hudson, Maybelle 58, 59

J

James Wickstrom 163
James Williams 38
Jenson, Peder 7
Jones, Larry 12, 14, 17

K

Kaczynski, Ted 7
Kellett, David 127
Kemper, Ed 134
Kemper, Edmund 134, 135
Kissel, Nancy 170, 174
Kissel, Robert 170, 173, 177
Kistner, Bob 59
Knight, Katherine 126
Koo, Aiko 136, 137
Korostik, Sveta 75, 76
Kravchenko, Alexsandr 72

L

Lesser, Henry 7
Libicer, Richard 113
Lindsay, Sandra 101, 102
Lloyd, Jessica 16, 18
Luchessa, Anita 137

M

MacBeath, Mhairi Isabel 93
MacKay, Peter 14
Maníaco de Pologovsky, O 48, 51
Martin, Paul 10
Masser, Brunhilde 144, 145
Matador com Fetiche por Sapatos, O 60
Mayor, Gwen 90, 92, 93
McKeown, Elizabeth 56, 58, 59
Montano, Angie 110, 111, 117

Mrak, Bianca 146

N

Noh, David 173, 174

O

Onoprienko, Anatoly 51
O'Shea, Bryna 174

P

Panzram, Carl 6, 7, 8, 148, 149
papéis de Carl Panzram, Os 7
Parker, Marie 108, 116
Patterson, Steve 164
Perkins, Patricia Gay 33
Perreira, Christine 41
Pesce, Mary Ann 137
Petrosan, Tanya 75
Pickton, Robert 30, 33, 34, 37, 39
Price, John 126, 130, 131
Probyn, Carl 43, 44

R

Rail, Sheryl 32
Ray, David Parker 106, 107, 109, 110, 116, 117
Ray, Jesse 107, 108, 115, 116
Ridgway, Gary 35
Rivera, Josefina 99
Rogers, Dayton 35
Rushworth, Susan 21, 23, 24, 28
Ryan, Dennis 169
Ryan, Michael 162, 166

S

Salee, Linda 67
Saunders, Dave 128
Schäfer, Margaret 141, 145
Schenner, August 145
Scholz, Barbara 141
Schrempf, Elfriede 144, 145
Slawson, Linda 64, 65, 66, 67
Smith, Gloria 67, 69

Índice Remissivo

Smyth, Jim 17
Sokoloff, Ethel 58
Sprinker, Karen 66, 68
Stan, Colleen 120
Stice, Luke 168, 169
Stice, Rick 165
Stoltenberg, Jens 159
Sutcliffe, Peter 25, 29

T

Taft, William H. 152
Tanzer, Andrew 173, 175
Thimm, James 166, 167, 168, 169
Thomas Jr., John 54
Thomas, Lisa 101
Tkachenko, Larisa 73
Tkach, Serhiy 48
Tweddle, Grace 92

U

Unterweger, Jack 140, 145, 147

V

Van Cleave, Kelly 107, 111, 116, 117
Vigil, Cynthia 111, 113, 114, 115, 116, 117
Voloshko, Serhiy 53

W

Warnke, Robert 155
Watt, Angus 11
Whitney, Jan 65, 66, 67
Williams, Russell 8, 10
Wilson, Mona 35, 37
Wood, Sharon 67

Y

Yancy, Roy 108, 116

Z

Zabotnova, Yelena 72

Este livro foi composto em Minion Pro, corpo 12/14,4.
Papel Offset 75g
Impressão e Acabamento
Cromosete Gráfica e Editora – R. Uhland, 307 –
Vila Ema – São Paulo – SP – CEP: 03283-000 –
Tel.: (11) 2154-1176